한국의 차문화 천년

6

한국의 차 문화 천년 6
근현대의 차 문화

송재소·조창록·이규필 옮김
2014년 6월 30일 초판 1쇄 발행
2021년 5월 7일 초판 2쇄 발행

펴낸이 한철희 | 펴낸곳 돌베개 | 등록 1979년 8월 25일 제406-2003-000018호
주소 (10881) 경기도 파주시 회동길 77-20 (문발동)
전화 (031) 955-5020 | 팩스 (031) 955-5050
홈페이지 www.dolbegae.co.kr | 전자우편 book@dolbegae.co.kr

편집 이경아
표지디자인 민진기 | 본문디자인 이은정·이연경 | 마케팅 심찬식·고운성·조원형
제작·관리 윤국중·이수민 | 인쇄 한영문화사 | 제본 경일제책사

글 ⓒ 아모레퍼시픽 | 사진 ⓒ 아모레퍼시픽미술관

ISBN 978-89-7199-610-2 (94810)
ISBN 978-89-7199-340-8 (세트)

이 도서의 국립중앙도서관 출판시도서목록(CIP)은 e-CIP 홈페이지
(http://www.nl.go.kr/cip.php)에서 이용하실 수 있습니다.(CIP제어번호: CIP2014018814)

근현대의 차 문화

한국의 차 문화 천년 6

송재소, 조창록, 이규필 옮김

돌베개

'한국의 차 문화 천년'을 펴내며

인간의 기호식품으로 차茶만큼 오랜 역사를 가진 것도 없을 것이다. 차의 원산지라 할 수 있는 중국에서는 수천 년 전부터 차를 마셔 왔으며, 이 중국차가 세계 각국으로 전파되어 지금은 170여 개국에서 하루에 20억 잔의 차를 마신다고 한다.

『삼국사기』三國史記의 기록에 의하면 우리나라에서는 7세기 중반 신라 선덕여왕 때 이미 차를 마셨다. 흥덕왕 3년(828)에는 중국으로 사신 갔던 김대렴金大廉이 돌아오면서 차 종자를 가져왔는데 왕이 이를 지리산에 심게 해서 차가 널리 성행하게 되었다. 그러나 신라 시대에 차가 얼마나 대중화되었는지는 알 수 없다. 고려 시대에는 궁중과 귀족, 특히 승려 사이에 차가 크게 유행했으나 일반 서민의 기호식품으로까지 확대되지는 못한 것으로 보인다. 조선 시대에는 차 문화가 다소 위축되어 주로 궁중이나 민간의 의식용儀式用으로 차가 쓰였고, 사찰의 승려들이 그 맥을 잇다가 다산茶山, 초의草衣, 추사秋史 등 걸출한 다인茶人들이 차를 중흥시켰다. 그러나 역시 차는 서민이 즐겨 마시는 기호식품과는 거리가 있었다.

현대에 와서야 차가 대중화되었다고 말할 수 있다. 지금은 차가 이른바 '웰빙 식품'으로 널리 사랑받고 있고, 신체의 건강뿐만 아니라 정신 건강의 증진에도 기여한다고 인식되고 있다. 차는 이제 어디에서나 쉽게 구할 수 있고 누구나 마실 수 있는 대중의 기호식품으로 확고하게 자리 잡았다.

『한국의 차 문화 천년』은 일찍부터 차 문화의 보급과 차의 대중화를 선도해온 (주)아모레퍼시픽의 출연 재단인 아모레퍼시픽재단의 야심적인 기획이다. 우리 역사상 어느 때보다 차가 대중의 사랑을 받고 있는 이 시점에서, 우리의 유구한 차 문화 전통을 종합, 정리함으로써 이 땅의 차 문화를 한층 더 발전시키자는 의도에서 기획되었다.

이 기획물은 삼국시대에서부터 현대에 이르기까지 차에 관한 문헌 기록 자료의 집대성에 목표를 두고 있다. 다시茶詩를 포함한 개인 문집의 자료, 『조선왕조실록』朝鮮王朝實錄, 『고려사』高麗史, 『삼국사기』 등의 관찬 사료官撰史料와 『임원경제지』林園經濟志, 『성호사설』星湖僿說, 『음청사』陰晴史 등의 별집류別集類를 비롯하여 이전에 발굴되지 않은 자료까지 차에 관한 모든 문헌 자료를 망라하고자 한다.

이 작업은 결코 쉬운 일이 아니다. 산적한 한문 전적을 일일이 뒤져서 차에 관한 자료를 발췌하는 일도 어렵거니와 이렇게 뽑은 자료를 번역하는 일 또한 만만치 않다. 최선을 다하지만 여전히 누락된 자료가 있을 것이고 미숙한 번역이 있을 줄 안다. 이 점은 앞으로 계속해서 수정, 보완해 나갈 것이다. 아무쪼록 차를 사랑하는 다인들과 차를 연구하는 학자들의 자료로 활용될 수 있다면 다행이겠다.

물심양면으로 아낌없는 지원을 해 준 (주)아모레퍼시픽의 서경배 회장님을 비롯하여 아모레퍼시픽재단의 관계자 여러분, 그리고 꼼꼼하게 원고를 손질해 준 돌베개 출판사의 편집진들께 이 자리를 빌려 고마운 마음을 전한다.

송재소

'근현대의 차 문화'를 엮어 내며

이 책은 '한국의 차 문화 천년' 시리즈의 여섯 번째 권으로, 시기적으로 마지막이 되는 한국 근현대의 문헌 자료를 수집·번역한 것이다. 이 시기는 갑오경장 무렵부터 대한제국기와 일제강점기를 거쳐 6·25 동란에 이르는 역사·문화적 격변기였다. 따라서 그 기록들도 한문과 국한문, 국문과 일문日文이 혼재되어 있고, 전통 한문 양식 외에 여태까지 볼 수 없던 시조와 민요, 학술서와 보고서, 현대시 등 여러 형식이 등장한다.

그중에서 가장 많은 분량을 차지하는 것은 역시 한시이다. 이 책에서는 대개 19세기 말부터 20세기 초엽까지 김영수金永壽, 한장석韓章錫, 김윤식金允植, 유인석柳麟錫, 곽종석郭鍾錫, 황현黃玹, 최영년崔永年, 송운회宋雲會, 한용운韓龍雲, 오효원吳孝媛 등의 차시茶詩를 수록했다. 또 근대 농학적 관점에서 차의 재배와 채취, 제조법에 관한 주목할 만한 저술이 있었는데, 안종수安宗洙의 『농정신편』農政新編과 장지연張志淵의 『농학신서』農學新書 등이 그것이다.

특히 이 시기는 이능화李能和, 문일평文一平, 최남선崔南善, 고유섭

高裕燮 등 주로 일제 강점기에 활동하면서 한국의 근대를 연 인물들의 한국 차에 관한 저술이 나온 시기였다. 그중에서 최남선이 허백련許百鍊에게 보낸 글 한 토막을 보면,

의재 화백이 십수 년 동안 거처를 무등산 증심곡에 정하고 차밭을 가꾸는 일에 힘써 몇 해를 고심한 끝에 그 성과가 차차 드러나고, 금년에 비로소 그곳에서 재배한 햇차 잎을 '춘설'이라 이름 하여 세상에 소개하니, 아름다운 풍미가 고려 이래 천 년 동안 끊어지려 했던 다풍茶風을 거의 부흥시키기에 충분한지라……

라고 하여, 허백련 화백이 무등산의 증심사 계곡에 차밭을 일구어 마침내 '춘설차'를 세상에 선보인 사실을 전하고 있다. 이어서 이 차가 조선 후기의 초의 선사와 김정희를 이어 천 년 한국 차의 전통을 계승할 것이라고 축원했다. 이 밖에도 지규식池圭植의 일기日記, 변영만卞榮晚의 편지, 이병기李秉岐의 시조, 박종화朴鍾和의 시, 이은상李殷相의 시조, 이규태李奎泰의 수필 등이 있다.

한편 당시는 일제에 의해 한국 차 문화에 대한 연구, 차의 산지産地에 대한 현지 조사, 차의 산업화가 시도되던 시기였다. 이와 관련하여 저술을 남긴 이들의 이름을 나열해 보면, 아유카이 후사노신鮎貝房之進, 마쓰다 코松田甲, 모로오카 다모쓰諸岡存, 이에이리 가즈오家入一雄, 모리 다메조森爲三, 미시나 쇼에이三品彰英 등이 있다. 이중에서 모로오카와 이에이리 공저의 『朝鮮の茶と禪』은 현장 답사를 통해 당시 한국 차의 재배 현황과 상품화에 관한 정보를 가장 많이 제공해 주고 있다. 이 책에서는 조선에서 차 마시는 풍습이 쇠잔해진 원인, 무등원

차밭의 상황, 보림사의 떡차, 단산리와 강진읍의 청태전, 백운옥판차白雲玉版茶에 관한 기록들을 선별하여 수록했다. 그 내용 가운데, 무등산 자락에서 차밭을 경영한 오자키 이치조尾崎市三가 말한 것을 보면 다음과 같다.

조선의 차와 일본의 차는 찻잎의 형태가 달라 다른 품종이라고들 합니다만, 차는 불교를 통해 건너온 것이니 조선이 본가이지요. 예전에 일본의 차는 둥그스름하였습니다만, 오늘날에는 조선의 차와 마찬가지로 길쭉한 것을 재배하게 되었습니다. 차나무는 매년 잎을 따는 것이므로, 잎이 둥글어지거나 작아지게 되면 좋지 않습니다. 그러니 업자의 입장에서는 길쭉하면서 큰 것이 좋지요.

오자키 이치조는 이렇게 한국 차의 품종이 일본의 그것에 비해 결코 뒤지지 않음을 말하고 있다. 그 이유는 차는 원래 조선이 본가이며, 업자의 입장에서도 찻잎이 길쭉하고 큰 한국 품종을 선호하게 되었다는 것이다. 이외에 일본 학자들의 글을 보면 한국과 일본의 차 문화를 비교한 대목이 자주 나오는데, 특히 한국의 도자 문화와 차 문화를 관련지어 설명하고 있는 점이 눈에 띈다.

마지막으로 이 책에서 중점을 두어 수록한 내용 가운데 하나는 한국 남부 지방에서 구전된 차 민요들이다. 민요를 채록한 장소들을 보면, 경남의 양산군, 하동군, 밀양군, 함양군, 남해군, 산청군, 사천군, 김해시 다전동, 부산시 동래구, 경주시 양북면, 전남의 화순군, 강진군 월암면, 고흥군, 보성군, 구례군 등이다. 그중에서 1961년 4월 강진군 월암면 월암사지 근처 농부로부터 채록한 민요를 보면,

월출산뫼 신선들은

작설잎을 따서모아

질구질구 매를쳐셔

주먹주먹 떡차빚어

청자가마 숯불집혀

이리저리 구워내세

라고 하여, 월출산에서 나는 찻잎을 따서 절구에 쳐서 뭉친 다음, 청자 가마에 굽거나 발효시켜 떡차를 만드는 과정을 노래하고 있다. 이들 민요는 비록 6·25 동란 이후 채록된 것이기는 하지만, 구전 민요의 특성을 감안하여 함께 수록했다.

이 책은 민요의 채록이나 일문 번역 등에서 선행 연구의 도움을 특히 많이 받았다. 이 가운데 차 민요는 순전히 진주 농림대학교에 계셨던 김기원金基元 선생의 현장 채록에 힘입은 것이며, 『朝鮮の茶と禪』 역시 김명배 선생의 선행 번역을 많이 참조했다. 다시 한 번 감사의 말씀을 올린다.

2014년 6월
역자 일동

차 례

일러두기

1. 이 책은 근현대의 차 문화를 다룬 작품만을 정리한 것이다.
2. 각 작품의 수록 순서는 저자가 태어난 해를 기준으로 하였다. 이 책은 특히 우리나라의 저자를 수록한 뒤
   차 민요와 기타의 글 2편을 수록하고, 그 뒤에 일본인의 작품도 저자의 태어난 해를 기준으로 수록하였다.
3. 매 작품마다 출전을 표시하였고, 해설을 두어 작품 전체의 저술 배경과 내용 등을 요약·정리하였다.
4. 이 책에 나오는 인명과 서명 중 자세한 설명이 필요한 경우 인명 사전과 서명 사전 항목을 부록으로 두어
   참고하도록 하였다.
5. 원주는 해당 단어 옆에 번호를 표시하고 번역문과 원문 다음에 수록하였다.
6. 본문의 단어 중 설명이 필요한 경우 해당 단어 옆에 *표시를 하고 해당 단어가 수록된 면의 하단에 각주를
   달아 설명하였다.

근현대의 차 문화

김영수 金永壽, 1829~1899

성재 홍순익의 집에 모여 會惺齋洪(淳翊)室

내 나이 이제 마흔, 몇 년을 더 살려나
인생을 돌아보니 자랑거리가 하나도 없네.
좁은 소견은 바다를 본 적 없고
술잔만 셀 수 없이 기울였지.
닫힌 문의 푸른 버들은 새로 빗은 머릿결 같고
섬돌 가장자리 향기로운 풀은 예전에 심은 화초라네.
그대에게 글 값으로 무얼 줄까?
혜산천惠山泉˚ 샘물에다 용봉차龍鳳茶˚라네.

• 혜산천惠山泉   중국 강소성 무석無錫에 있는 이름난 샘. 중국 당나라 때 육우陸羽가 '천
하제이천'天下第二泉으로 평한 바 있다. 여기서는 좋은 찻물을 의미한다.
• 용봉차龍鳳茶   중국 북송北宋 때 궁중에 진상한 최상품의 차. 떡차 위에 용과 봉황 무늬
를 찍었기 때문에 용봉차라고 한다. 여기서는 좋은 차를 의미한다.

吾將四十幾年加 點檢生無一事誇 局見未曾觀海水 甕籌還似數河沙

綠楊門掩新梳髮 芳草階縫舊種芽 潤筆君家何所贈 名泉第二與龍茶

출전: 『하정집』荷亭集 권1

해설　홍순익의 집에 모여 시를 지은 듯, 그 대가로 자리에 모인 벗들에게 좋은 찻물과 명차를 내겠다고 하였다.

김영수 金永壽, 1829~1899

중첩금* 重疊金

정오에 처마에서 똑똑 떨어지는 빗방울

빗방울 처마에서 똑똑 떨어지는 정오로다.

향 심지 하나에 대자리가 서늘하고

서늘한 대자리에 한 심지 향.

잠 깨어 한가하게 차를 달이고

차 달이며 한가롭게 잠을 깨네.

한가한 마음으로 글을 보고

글을 보니 마음이 한가롭네.

午天簷滴聲聲雨 雨聲聲滴簷天午

香炷一簟凉 凉簟一炷香

睡醒閑茶試 試茶閑醒睡

踈情寓看書 書看寓情踈

출전: 『하정집』 권1

해설　7언과 5언으로 구성된 '중첩금'이라는 사詞 형식에, 다시 회문시回文詩 형태로 각 연의 전후 글자가 반복되도록 지은 시. 회문시란 앞에서 읽거나 뒤에서 읽거나 뜻이 통하도록 지은 시를 말한다.

• **중첩금重疊金** 　44자로 된 사詞의 하나로, 보살만菩薩蠻, 무산일편운巫山一片雲, 자야가子夜歌 등 여러 가지 별칭이 있다.

김영수 金永壽, 1829~1899

다경루* 문미에 걸다 多景樓揭楣

봄이 온 임원에서 차 싹을 맛보다가
저녁에 주렴을 거두니 푸른 놀이 물드네.
자사刺史는 어느 해에나 풍류가 풍족해져
기이한 돌과 이름 있는 꽃을 안배하려나?

푸르스름한 봄 산이 성곽을 길게 둘러싸고
집집마다 물 오른 나무에 푸른 바람 서늘하네.
들녘 구름 드넓게 강호에 가득한데
많은 배들 석양에 한 줄기로 이어졌네.

林園春晝試茶芽 晚捲簾旌滴翠霞 刺史何年風韻足 安排奇石又名花

澹抹春山繞郭長 千家烟樹碧噓涼 野雲漠漠江湖漲 百驪斜陽一練光

출전: 「하정집」 권1

해설   다경루 강가에서 차를 마시며 봄날의 경치를 읊었다.

• **다경루**   평양부 서쪽 강가에 있었다고 하는 문루門樓.

김영수 金永壽, 1829~1899

서재 벽 書齋壁

작은 창을 새로 바르니 거처가 여유롭고
종이 장막을 겹으로 에우니 한기를 막을 만하네.
경서經書와 차 화로를 자리에 맞게 두니
천진天眞이 길러져 마음이 편안하네.

小櫳新葺起居寬 紙帳重圍足禦寒 經卷茶爐隨位寘 天眞養得一機安

출전: 『하정집』 권1

해설   서재에 창호지를 새로 바르고 경서와 차 화로를 정돈한 후에 그곳에서 느끼는 말끔한 기분을 시로 읊었다.

김영수 金永壽, 1829~1899

추당이 보내 준 시에 秋堂見寄韻

서북쪽 성 모퉁이 십 리에 펼쳐진 들녘

결하結夏* 날에 뱁새가 띠 정자에 둥지를 트네.

한가함을 좋아하고 병이 많아서일 뿐 조정의 은자 아니요[1]

생업을 꾸려 즐겁게 살며 『수경』水經의 글을 실천하네.[2]

바위 위 짙은 안개가 산골짜기 서재 문을 감싸고

산 위 서늘한 달이 소나무 문을 비추네.

샘물은 차를 끓이기에 알맞으니

졸졸졸 돌 개천 소리 패옥 소리처럼 맑도다.

西北城隅十里坰 鷦棲結夏一茅亭 愛閒多病非朝隱 托業怡生證水經

灑霧巖霏籠磵戶 蒼凉山月蔭松扃 儘知泉性宜茶竈 石竇聽流玉佩泠

[1] 벼슬이 싫어 사양하는 것이 아니라 한가로운 생활이 좋아 산야에 산다는 뜻이다. 왕승우王僧祐가 사공司空에 제수되고서 병을 핑계로 사양하였다. 제齊나라 고종高宗이 왕승우의 종형 왕검王儉에게 "경卿은 '조정의 은자'라고 할 수 있겠다"라고 하니, 대답하기를 "감히 왕승우처럼 고상한 사람과 같아지려고 한 게 아닙니다. 저는 그저 한가로움을 좋아하고 병이 많아서입니다"라고 하였다(王僧祐除司空謝病 齊高宗謂王儉曰 卿可謂朝隱 對曰非敢妄同高人 卽是愛閒多病).

[2] 역도원酈道元의 『수경주』水經注에서 "우공곡愚公谷은 물은 깊고 수풀이 우거져서 생업을 꾸려 즐겁게 생활할 수 있다"고 하였다(酈道元水經云 愚公谷深沈幽翳 可

• **결하結夏** 승려들이 하안거夏安居를 시작하는 첫날로, 보통 음력 4월 16일이 된다. 반대로 하안거를 끝내는 날을 해하解夏라고 한다.

以托業怡生云).

해설   추당秋堂 서상우徐相雨가 보낸 시에 쓴 답장으로, 그 내용은 아마도 자신이 사는 곳의 정경을 읊은 것으로 보인다. 원주에 나오는 왕승우와 우공곡에 관한 이야기는 『남사』南史 제21권 「열전」 제11과 『수경주』水經注 제24권에 나오는 일화이다.

근현대의 차 문화   25

김영수 金永壽, 1829~1899

밤에 앉아서 夜坐

지붕 끝에 은하수 반짝반짝 드리우니
더위 가라앉고 선선해지는 달 뜨는 때라네.
옷깃 여미고 책 잡으니 말똥말똥 잠이 깨어
자는 아이 불러 차 끓이라 재촉하네.

屋角星河耿耿垂 暑沈涼動月來時 被襟把卷淸無寐 催喚茶童睡起遲

출전: 『하정집』 권2

해설　한더위가 가고 선선해지는 저녁, 서책을 마주하며 차를 재촉하는 정경을 읊었다.

김영수 金永壽, 1829~1899

옥정실기 玉艇室記

지금 대사마(병조판서) 금래㻲來 민 공이 공의 양부養父 혜정공이 거처했던 집을 수리하여 '옥정'玉艇*이라는 편액을 걸었으니, 책상 위에 '옥정'이 있어서이다. 혜정공의 온후한 덕화와 수미한 문장은 옥과 비슷하고, 일을 책임지는 도량과 시대를 구제하는 기량은 배와 유사하니, 아마도 여기에서 상징을 취한 듯하다. 내가 40년 동안 혜정공을 종유하였는데, 만나서 대화할 때마다 여기에서 거닐었다. 당시를 회고해 보건대, 몇몇 동지와 함께 시와 차를 품평하고 고금의 일을 평론하였다. 이 즐거움을 얻지 못한 지가 10년이 되니, 늘그막에 시름이 많고 친구들도 세상을 떠나고 없어 쓸쓸히 갈 곳이 없어졌다.

今大司馬㻲來閔公 葺公世父蕙庭公所嘗燕閒之室 扁曰玉艇 因其案上供玉艇而名之也 盖蕙庭公德華之溫厚 文章之粹美 比於玉 任物之量 濟時之具 類于舟 其取象於是歟 余從蕙庭公遊四十年 每解榻晤言 得周旋於此 追念當時 與數三同志人 評詩品茶 尙論古今 此樂之不可得 于今十稔矣 衰暮多緒朋舊周零 踽踽然靡所適

출전: 「하정집」 권5

해설 금래 민 공은 혜정공의 대를 이은 민창閔蒼이라는 인물로 추정된다. 혜정공은 민태호閔台鎬이다. 이 글은 민 공의 서재인 옥정실玉艇室에 쓴 기문記文의 전반

• **옥정**玉艇 옥을 조각하여 배 모양을 만든 것. 김윤식, 『운양집』雲養集 권10 「옥정실기」 참조.

부인데, 그곳에서 자신이 혜정공을 모시고 몇몇 동지와 함께 시와 차를 품평하고 고금의 일을 평론하던 일을 감격스럽게 추억하고 있다.

한장석 韓章錫, 1832~1894

홍엽정에서 함께 술을 마시며

應金樹卿(永穆) ……

푸른 잎 붉은 누각에 한 장의 하늘
함께 손잡고 자봉紫峰 앞에 이르렀네.
처마의 새소리는 유난히 새롭고
바위의 나무는 나이를 가늠할 수 없네.
나막신 소리는 시냇가 빗소리와 섞이고
차 화로 연기는 수풀 끝에 피어오르네.
봄바람에 몇 번이나 사람들 다녀갔을까?
신선이 바둑 두며 담소한 일 묘연하네.

碧葉紅樓一丈天 相携直到紫峰前 簷禽格磔還新語 巖樹巑岏不記年

蠟屐聲連溪上雨 茶鑪篆作草頭烟 春風幾度人來去 白鶴碁談正杳然

출전: 『미산집』眉山集 권1

원제   수경 김영직과 화정 김영목의 초대에 응낙한 뒤, 표정 민태호, 황사 민규호,
하정 김영수와 약속하여 홍엽정에서 함께 차를 마시다 應金樹卿(永穆) 禾亭清友(永

穆)邀 約閔构庭景平(台鎬) 黃史景圓(奎鎬) 金荷亭福如(永壽)諸友 共飮紅葉亭

해설   홍엽정이 어느 곳인지는 미상이나, 원제에 나오는 김영직과 김영목의 정자가 아닌가 여겨진다. 그곳에서 벗들과 술을 나누고 차를 마시며 주변 풍광을 묘사한 시이다.

한장석 韓章錫, 1832~1894

홀로 백석실*을 유람하며 사흘을 머물다가 돌아오다 獨遊白石室 三宿而還

석굴에 은거하니 일마다 맑고

날은 길고 산은 고요하니 도심道心이 이네.

차 끓이는 돌 부뚜막에 붉은 놀이 떨어지고

그림 감상하는 소나무 난간에 꾀꼬리가 우네.

초야의 촌로는 지향이 어떠하느뇨?

주인은 벼슬살이에 대한 마음 잊지 못하네.

나를 방호*의 경계에 와서 앉도록 허락하니

함벽지* 누대에 달이 한창 밝네.

息影巖棲事事淸 日長山靜道心生 烹茶石竈丹霞落 讀畫松欄黃鳥鳴

野老林泉那識趣 主人簪組未忘情 許吾來坐方壺境 涵碧池臺月正明

출전: 『미산집』 권2

• 백석실白石室　서울 부암동에 있는 백석동白石洞인 듯하다. 백석동은 흰 돌이 많고 경치가 아름다워 유람객이 많이 찾은 곳으로, 흔히 '백석실'이라고도 하였다.

• 방호方壺　신선이 산다는 섬. '방장'方丈이라고도 한다. 발해의 동쪽에 있다는 다섯 섬의 하나로, 첫째는 대여岱興, 둘째는 원교員嶠, 셋째는 방호, 넷째는 영주瀛洲, 다섯째는 봉래蓬萊라 한다.

• 함벽지涵碧池　서울 백악산의 청풍계靑風溪에 있는 세 연못 중 하나. 첫째 못이 조심지照心池, 둘째가 함벽지, 셋째가 척금지滌衿池이다. 첫째 못이 차면 다음 못으로, 다음 못이 차면 셋째 못으로 흐르도록 만들었다.

해설　전체 6수(7언 율시 3수, 5언 율시 1수, 7언 절구 2수) 중에서 두 번째 시이다.
서울 백악산 함벽지 인근 촌가에 머물며 지은 것으로 보인다.

한장석 韓章錫, 1832~1894

남곡 유람기 記南谷遊

둘째 아이 창昌이 금병산 아래에 집을 짓고 살았다. 작은 언덕에 둘러
싸이고 숲이 무성하며 샘이 맑았는데, 초가집이 예닐곱 채 있어 그윽
하게 운치가 있다. 거주하는 사람들은 농업에 종사하는데, 순수하고
질박하였다. 이치구李稚久 군은 수재인 데다 글재주가 있었고, 우리 아
이와 놀기를 좋아하였다. ……시내의 남쪽은 소나무 숲이 사방으로
둘러쳐져 있고 중간은 바둑판과 같아서 집을 지어 살 만하였다. 둘러
보고 나서 흡족하여 창에게 "너는 이 산을 잊지 마라. 은거의 즐거움은
멀고 깊은 데에 있지 않다. 멀면 세속과 끊어지고 깊으면 험준하기 때
문이다. 이 지역은 깊으면서도 트여 있고 외지이면서도 평탄하다. 맑
으면서도 외롭지 않고 가까우면서도 속되지 않다. 이곳을 버리고서 어
디를 구할까? 이 군과 도모해서 이곳에 몇 칸 집을 지어 독서할 공간
을 만들어라. 상수리 밤을 줍고 토란과 감자를 심으며, 소나무를 어루
만지고 거문고를 뜯으며, 샘물을 데워 차를 끓여 나에게 늘그막의 즐
거움을 제공해 주면 된다. 너는 기억하거라" 하였다. 을유년 더위가 기
승을 부리던 날, 경향퇴사가 기록하다.

仲兒昌卜居錦屛山下 小邱環之 茂林淸泉 茅茨六七 幽夐有致 居人業農淳古 而李君

稚久秀而能文 喜從吾兒遊 …… 澗之南松林四圍 中如棋局 可起屋而居也 顧而樂之

謂昌曰爾無忘此山 隱居之樂 不在乎遠且深者 遠則絶俗 深則憚險 此地幽而實敞 僻

而實坦 淸而不孤 近而不陋 捨是奚求哉 謀與李君結數椽於此 爲讀書之所 拾橡栗種

芋藷 撫松鳴琴 瀹泉烹茶 以供余晩景之娛足矣 爾其識之 乙酉大暑日 經香退士記

출전: 「미산집」 권8

해설 둘째 아이 창은 한창수韓昌洙를 가리킨다. 남곡南谷은 한창수가 살던 충북 제천시 남쪽 금병산 인근으로 짐작된다. 을유년은 1885년 54세 되던 해이며, 경향經 香은 한장석의 호이다.

김병시 金炳始, 1832~1898

어떤 이가 침상과 다관을 주기에 有人惠牀褥茶罐

평상엔 요를 깔아
원룡의 나무람*이 없게 하고
차로 술을 대신하니
육우의 다벽茶癖이 아니겠는가?

床如褥 須無元龍之譏

茶爲酒 亦非陸羽之癖

출전: 『용암집』蓉庵集 권12

해설　침상에는 좋은 요를 깔아서 손님을 후하게 대접하고, 술 대신 차를 준비하여
육우처럼 즐기겠다는 뜻을 짧막하게 읊었다.

• **원룡元龍의 나무람**　중국 삼국시대 허사許氾가 진등陳登(원룡은 자)의 호기를 나무란
일. 진등은 허사가 찾아오자 손님 대접도 하지 않고 자기는 큰 침상 위에 누워 자고, 허사
는 그 밑에서 자게 하였다고 한다.

김윤식 金允植, 1835~1922

다음 날 국사, 지재, 동저, 석정 등 여러 사람과 함께 읊다 翌日與菊史志齋東渚石汀諸人共賦

화창한 날 대나무 오솔길로 사람들 와서

차와 그림 품평하느라 돌아가기 잊었네.

국화꽃 손 가득 꺾어 든 것은 도연명陶淵明이요,

지는 낙엽에 상심하는 것은 유자산庾子山•이라네.

한적한 가을 하늘은 아득히 높고

황량한 채마밭엔 용두레 쉬고 있네.

못난 저의 취미를 벗이 물으시니

비점批點 치며 찬찬히 당시 읽노라 답하네.[1]

澹蕩人來竹逕間 品茶評畵共忘還 黃花滿手陶徵士 枯樹傷心庾子山

寥沈秋天階級遠 荒寒老圃轆轤閒 冷官佳趣如相問 細讀唐詩點鵶斑

[1] 동저가 시에서 "그대의 취미는 근래 어떠합니까?"라고 하였다(東渚詩云 冷官佳趣

• 유자산庾子山   중국 북주北周의 문장가 유신庾信으로, 자가 자산子山이다. 가을바람에 낙엽이 질 때 고향을 그리워하며 「고수부」枯樹賦를 지었다.

近如何).

출전: 『운양집』雲養集 권3

해설　전체 7수 중 여섯 번째 시로, 1873년에서 1874년에 쓴 시를 엮은 『비궁창수집』閟宮唱酬集에 수록된 것이다. 제목에 나오는 국사菊史, 지재志齋, 동저東渚, 석정石汀은 각각 이관익李觀翼, 원영윤元永允, 이효렴李孝廉, 정익용鄭益鎔으로 추정된다. 이들 벗과 함께 가을날 대나무 오솔길 어딘가에서 함께 차와 그림을 품평하고 주고받은 시이다. 『한국의 차 문화 천년 2』에서 김윤식의 산문을 수록한 적이 있으나, 미처 소개하지 못한 시들을 이 책에 실었다.

김윤식 金允植, 1835~1922

밤에 도은, 능석과 함께 읊다 夜與陶隱菱石共賦

해 저물어 소와 양이 집으로 돌아오고

날씨 쌀쌀해져 이슬이 뜨락의 꽃에 맺히네.

한가로이 텃밭과 약초밭 거닐고

멀리 옹달샘 길어 차 맛을 음미하네.

오랜 비가 개자 가을이 반이나 지났고

좋은 밤 아직 새지 않았는데 달이 기우네.

덧없는 이 생애 쉴 곳이 그 어드메뇨.

아득한 강호는 끝이 없구나!

日暮牛羊各返家 凉天露氣濕庭花 閒巡園圃兼行藥 遠汲山泉試鬪茶

久雨纔晴秋已半 良宵未艾月將斜 浮生歇泊知何處 渺渺江湖不可涯

출전: 『운양집』 권4

해설　1888년 7월에서 1892년 겨울까지 지은 시를 엮은 『면양행음집』沔陽行吟集 2에 수록된 시이다. 제목에 나오는 도은陶隱은 이민기李敏夔로 추정되나, 능석菱石 이 누구인지는 미상이다. 아마도 해가 저물고 달이 기울도록 함께하였던 듯, 그사이 밭을 거닐고 차를 마시는 정경을 읊고 있다.

김윤식 金允植, 1835~1922

삼천재 벽에

三泉齋次壁上韻 ……

북당에 물 빠지고 버들가지 산뜻한데

바다엔 바람 없어 거울처럼 매끄럽네.

경치 보느라 시골 유배지인 걸 잊고

계절 느끼다가 홀연 고향 그리움 일어나네.

차는 골짝에서 흘러나온 맑은 샘물로 끓이고

묵은 비에 저물녘 성곽 곁 복사꽃 피었네.

용케도 유배객이 노닐던 곳 되었으니

이 정자는 흡사 우정愚亭●과 같구나!

北塘潮落柳絲晴 海水無風鏡面平 遇境還忘遷土陋 攬時忽起故園情

淸泉茶品分幽谷 宿雨桃花傍晩城 好得僇人遊賞地 此亭端合以愚名

출전: 『운양집』 권5

원제　삼천재 벽에 걸린 시에 차운하다(샘이 세 줄기로 흐르는데, 추사 김정희가 유
배 생활을 할 때 이곳에서 차 맛을 품평하였다) 三泉齋次壁上韻 泉有三派 秋史金公

● **우정愚亭**　중국 당唐나라 때 유종원柳宗元이 영주永州 지방으로 유배되었을 적에, 그
곳에 있던 시내를 '우계'愚溪로 개명하여 자신의 불우한 처지를 묘사하였다. 여기서 김윤
식은 추사 김정희에 이어 자신이 제주도 유배객이 되어 삼천재三泉齋에 오게 된 사실을
유종원의 '우계'에 빗대어 '우정'愚亭 이라고 한 것이다. 유종원의 「우계시서」愚溪詩序 참
조.

謫居時 嘗品茶味於此

해설   1897년 12월부터 1901년 5월까지 제주도에서 귀양살이할 때 지은 시를 엮은 『영도고』瀛島稿에 수록된 시이다('영도'는 제주도의 별칭이다). 삼천재三泉齋는 제주 시내에 있는 재실로, 김윤식이 이곳에 들러 추사 김정희가 차를 품평하던 일을 떠올리며 지었다.

김윤식 金允植, 1835~1922

초파일에 여러 사람과 함께

浴佛日與諸人共 ……

바닷가의 정자에서 몇 해를 보냈던가!

옛사람 본받아 차와 샘물을 품평하네.

만 리의 파도는 시 속의 풍경이요

집집마다 켠 등불은 불가의 인연 맺네.

들꽃은 송아지 저편에 흐드러지고

돛배는 갈매기 곁에 둥실둥실 떠가네.

타향의 나그네들 초파일에 술 마시니

이 고사 오히려 뒷날에 전해질 만하네.

海上孤亭閱幾年 鬪茶品水續前賢 烟波萬里開詩境 燈火千家作佛緣

芳草迷離黃犢外 峭帆浮沒白鷗邊 異鄉萍會酬佳節 此事猶堪後世傳

출전: 『운양집』 권5

원제 초파일에 여러 사람과 함께 삼천재 공진정에 오르다(공진정은 일명 품다정이라고도 한다) 登三泉齋拱辰亭(拱辰亭一名品茶亭)

해설 『영도고』에 수록된 시이다. 공진정拱辰亭에 올라 만 리 파도와 읍성을 내려다보며 지었는데, 부제를 보면 이곳이 차를 품평하는 정자라는 뜻의 '품다정'品茶亭이라 불렸음을 알 수 있다. 공진정은 제주 읍성 북수문 위에 있던 정자로, 피서지 혹은 손님을 접대하는 장소로 활용되었던 곳이었으나 1958년에 헐렸다.

김윤식 金允植, 1835~1922

귀천을 그리며 읊다 懷歸川賦

이때까지 중부仲父께서 살아 계셨고 형제는 무고하였다. 나아가서는 눈[雪]을 읊는 즐거움이 있었고, 물러나서는 함께 노니는 즐거움이 있었다. 창은 밝고 서안은 깨끗하였으며, 몸은 느긋하고 마음은 한적하였다. 기발한 문장을 찾아 감상하고, 옛 경전을 음미하며 의미를 찾았다. 혹 이원에서 꾀꼬리 소리를 듣기도 하고, 분곡에서 낚시를 하기도 하였다.[1] 혹 노를 저어 벗을 찾아가기도 하고, 달빛 아래 산사를 찾아가기도 하였다.[2] 화수정에서 거문고를 타고,[3] 세연천洗硯泉에서 차를 달여 마시기도 하였다.[4] 천 길의 그늘에서 쉬며 만 리의 물결에서 발을 씻기도 하였다.

于時仲父在堂 兄弟無故 進有詠雪之懽 退有聯牀之樂 窓明几淨 身閒心適 搜奇文而欣賞 玩古經而探索 或聽鶯於梨園 或垂釣於瀁曲 或挽棹而訪友 或乘月而尋禪 彈琴於花樹之亭 品茶於洗硯之泉 流憩於千章之陰 濯足於萬里之波

[1] 이원은 집 뒤에 있고, 분곡은 마을 입구에 있다. '이원에서 듣는 꾀꼬리 소리'와 '분포의 버들가지'가 면양팔경 가운데 둘이다(梨園在家後 瀁曲在村口 梨園聽鶯 瀁浦細柳 卽八景之二).

[2] 금봉산金鳳山의 꼭대기에 산사가 있는데, 이름이 명월암이다(金鳳之椒有僧舍名明月菴).

[3] 화수정은 정자 이름이다(花樹亭名).

[4] 집 뒤 돌 틈에서 샘이 흘러나와 굽이를 이루어 흘러간다. 늘 이곳에서 벼루를 씻는다. 돌 위에 옛사람이 새긴 '세연암'이란 글자가 있다(家後有泉出石間 流爲曲水

常洗硯於此 石上有古人所刻洗硯巖三字).

출전: 『운양집』 권7

해설　김윤식은 1887년 5월 명성황후의 미움을 사서 면양沔陽(지금의 충청남도 당진)에 7년 동안 유배되었다. 이 작품은 그곳에서 자신이 30여 년을 살았던 귀천歸川(경기도 양평)을 그리며 지은 것이다. 평화롭고 한적한 생활과 주변의 승경들을 회상하는 가운데, 차를 달여 마시던 세연천洗硯泉에 대해 언급하고 있다.

부용당 김운초 芙蓉堂 金雲楚, 19세기

가을날 강 동쪽에서 江左秋思

산골 서재에서 차 마신 뒤 석양을 마주하니
단풍잎 쓸쓸하게 점점 희미해지네.
들 풍광엔 외로운 새 아스라이 사라지고
하늘엔 저녁 구름 날아가듯 펼쳐져 있네.
평소의 회포를 말하자니 마음은 그림 같고
가만히 국화꽃 꺾노라니 이슬이 옷에 젖네.
물끄러미 서울을 바라보매 더욱 아련한데
기러기 따라 나의 넋은 어느 때나 돌아갈까.

山扃茶罷對殘暉 楓葉蕭蕭漸看稀 野色蒼茫孤鳥遠 天光旖旎暮雲飛

細論素抱心如畵 暗拾黃花露泫衣 望極京都還恍惚 魂隨鴻鴈幾時歸

출전: 『운초당시고』雲楚堂詩稿

해설　가을날 해가 저물 무렵 차를 마시며 쓸쓸한 풍경을 바라보다, 서울로 돌아갈 날을 그리워한 시이다. 『운초당시고』는 진기홍본陳錤洪本, 장서각본, 규장각본, 연민본淵民本 등이 있는데, 여기서는 장서각본을 사용하였다.

죽서당 박씨 竹西堂 朴氏, 19세기

이른 봄 소회를 쓰다 早春書懷

서늘한 기운 점점 창문에 스며들어
늘어진 발 드리우고 『다경』을 읽노라.
눈은 산기운 따라 아직 덜 녹았고
풀은 봄기운 얻어 찬 날씨에 더욱 푸르네.
떠오르는 시상은 달빛과 통하고
예로부터 술 이름은 별 이름에 있었지.
덧없는 생은 이처럼 줄어드는데
세월을 잠시도 멈출 수 없어 한스럽네.

陳陳輕寒乍透欞 低垂簾箔點茶經 雪因山氣殘猶白 草得春心凍更靑
詩境現前通夜月 酒名從古列天星 浮生若此能消受 只恨流光不暫停

출전: 『죽서시집』竹西詩集

해설　전체 4수 중 첫 번째 시로, 경수당장본警修堂藏本 『죽서시집』에서 발췌한 것
이다. 두 번째 구절에서 "『다경』을 읽노라"라고 한 것은 실제로 육우의 『다경』을 읽었
다기보다는 차를 마시는 행위를 운치 있게 표현한 말로 이해된다.

유인석 柳麟錫, 1842~1915

아침에 일어나 갠 세상을 보다 朝起見晴

밝은 창에 잠을 깨니 살짝 떠드는 소리 들려
꾸역꾸역 일어나 탕건 쓰고 고문古文을 읽네.
간밤에 비 내려 산 빛은 고요하고
뜬구름 모두 걷혀 하늘은 높구나.
빈 뜰의 아침 해는 산새들을 비추고
고향의 가을볕은 기러기 무리를 보내네.
젊은 친구가 달인 차 한 모금 마시니
병든 몸 기운 퍼지는 것을 절로 느끼네.

明窓睡覺少喧聞 㥘起加巾念古文 山重靜容經宿雨 天晶高體盡浮雲

空庭朝日馴禽性 故國秋陽送鴈羣 少友烹茶爲一啜 病軀自覺氣舒伸

출전: 『의암집』毅菴集 권2

해설 　구한말 의병장으로 유명한 유인석의 시인데, 아마도 고향 춘천에 있을 때 지은 것인 듯하다. 가을 아침 늦게 잠이 깨어 차 한 모금을 마시며 눈앞에 펼쳐진 정경을 읊었다.

유인석 柳麟錫, 1842~1915

고요한 밤 靜夜

숲 속 집에 등불 켜니 산새가 알아주고
작은 화로에 차 끓으니 가는 연기 피어나네.
바람에 옹달샘 소리 점점 멀어지고
달빛에 뜨락의 나무 그림자 섬돌에 맴도네.
캄캄한 허공 속에 태양의 기운 잠기고
긴긴 밤에 고향을 그리는 마음이 깊도다.
눈앞의 소원을 이룰 날 언제인가?
일어나 「채기」采芑*를 거듭거듭 읊노라.

林屋燈明宿鳥知 小鑪茶熟細烟絲 風聽山泉聲轉逈 月看庭樹影旋遲
太陽氣淹天荒裏 故國心長夜永時 面前志事伸何日 起賦三飜采芑詩

출전: 「의암집」 권3

해설 "태양의 기운 잠기고"라는 표현으로 조선이 망한 것을 비유한 듯, 밤에 차를
마시며 나라의 운명을 걱정하던 마음이 절절하게 드러나 있다.

• 채기采芑 『시경』詩經 소아小雅에 실린 편 가운데 하나. 본래 중국 주周나라 선왕宣王
이 나라를 중흥한 공을 칭송한 내용이지만, 여기서는 조선의 중흥을 바라는 마음을 담았
다.

유流 자를 얻다 得流字

맑은 창에 병 앓은 몸 일으켜 세우니
뜨거운 차에서 하늘하늘 김 떠오르네.
새벽빛 청산은 위엄을 지니고 섰고
봄바람에 바다는 하늘에 닿아 넘실대네.
누가 있어 천하의 근심을 떠맡아서
사람들을 극락영토에 살게 할꼬?
중국과 동방의 운수 되돌릴 방법은
이륜彝倫의 종교*를 급히 먼저 구하는 것.

晴窓起振病餘軀 茶熟烟生細細浮 曉日靑山持重立 春風大海漾空流
有誰己任憂天下 使我人居樂地頭 時運中東回泰術 彝倫宗敎急先求

출전: 『의암집』 권3

해설   마지막 연을 보면, 대표적인 위정척사파의 한 사람이던 유인석의 사상이 잘
드러나 있다.

• 이륜彝倫의 종교   윤리와 도덕이 서 있는 종교, 즉 유학을 가리킨다. 중국과 한국의 운수
를 돌이킬 방법은 먼저 유학의 가르침을 회복시켜야 한다는 말이다.

기우만 奇宇萬, 1846~1916

객을 전송하다 送客

석양 무렵 서쪽 숲에서 객을 보내고
추운 집에 돌아와서 향기로운 차를 달이네.
눈 녹은 물 불어나 다리 끊겼으니
강가 인가에 투숙하겠지.

送客西林日影斜 歸來寒屋煮香茶 雪水添波橋路斷 知應投宿近江家

출전: 『송사집』松沙集 권1

해설　저물녘 손을 보내고 돌아와 차를 마시며, 돌아가는 길이 무사하기를 걱정하고 있다.

곽종석 郭鍾錫, 1846~1919

이치유에게 화답하여 보이다 和李致維見贈

쓸쓸히 일어나 은자의 옷을 떨쳐입고
돌구멍의 샘물을 한번 떠 마시고 돌아오네.
일곱 잔 차*의 풍미에 허물 벗고 신선이 된 듯
뜰 가득 오동나무 달빛에 새들이 놀라 날아가네.
오늘날 편안하게 지내려 하지 말고
부디 밤새도록 마음을 경계하라.
그대여, 곧장 유가儒家의 가르침을 따라가라.
지난 역사의 거울을 어길 수 없느니라.

• **일곱 잔 차**　중국 당나라 노동盧仝이 지은 「다가」茶歌에 "첫째 잔은 목과 입술을 적셔
주고, 둘째 잔은 외로운 시름을 없애 준다. 셋째 잔은 메마른 창자 속을 더듬는데 그 안에
는 문자 오천 권이 들어 있고, 넷째 잔은 땀을 송송 나게 하는데 평소의 불평스러운 일들을
모두 털구멍으로 빠져나가게 한다. 다섯째 잔은 기골을 맑게 해 주고, 여섯째 잔은 신선과
통하게 해 준다. 일곱째 잔은 마시지도 않았는데 두 겨드랑이에 날개가 솟아 퍼덕이며 맑
은 바람이 일어나는 것 같다"(一椀喉吻潤 二椀破孤悶 三椀搜枯腸 惟有文字五千卷 四椀
發輕汗 平生不平事 盡向毛孔散 五椀肌骨清 六椀通仙靈 七椀喫不得 也唯覺兩腋習習清
風生) 하였다.

冷然起拂臥雲衣 石竇泉根一飮歸 七碗茶風蟬蛻始 滿庭梧月鳥驚稀

莫以今時傚逸樂 且須終夕戒淪飛 要君直向吾家路 古鏡當前不敢違

출전: 『면우집』俛宇集 권2

해설 　이치유李致維는 곽종석의 벗 이영원李榮元으로 추정된다. 샘물을 떠 마시고 돌아와 차를 끓여 마시며, 벗에게 '유가의 가르침을 따르리라'는 자신의 결의를 다짐하여 보인 것이다. 『한국의 차 문화 천년 1』에 곽종석의 「차 달이는 부뚜막」이라는 시가 있으나, 미처 소개하지 못한 차시들을 모아 이 책에 다시 수록하였다.

곽종석 郭鍾錫, 1846~1919

반타석* 盤陀石

염예*의 외로운 바위가 괴이한 형체를 담그고 있으니
신선이 차 달이던 돌 아궁이*가 분명하네.
비 오면 숨고 개이면 드러나니
한가로이 마주 보며 서로의 마음을 기울이네.

灩澦孤根蘸怪形 仙翁茶竈却分明 潦霽行藏無不可 優然相對兩心傾

출전: 「면우집」 권3

해설　「서원 안에서 고봉의 옛일을 본받아, 노선생의 '도산잡영' 18절에 삼가 차운
하다」(院中效高峯古事 謹次老先生陶山雜詠十八絶)의 전체 18수 중에서 열네 번째 시
다. 물이 불어나면 모습을 숨기고 물이 줄어들면 드러나는 반타석처럼 현재 처한 환
경에서 즐겁게 살고자 하는 작자의 마음을 표현한 것이다.

• 반타석盤陀石　퇴계 이황의 「도산잡영」陶山雜詠 18수 가운데 열다섯 번째 시에 나오는
말로, 시 내용은 다음과 같다. "도도한 탁류 속에 얼굴 문득 숨겼다가 고요히 흐를 때면 비
로소 나타나네. 어여쁘다, 이 같은 거센 물결 속에서도 천고의 반타석은 구르거나 기울지
도 않았네."(黃濁滔滔便隱形 安流帖帖始分明 可憐如許奔衝裏 千古盤陀不轉傾)
• 염예灩澦　염예는 '염예퇴'灩澦堆라고도 하는데, 중국 사천성四川省 봉절현奉節縣 동
쪽, 구당협瞿唐峽의 입구를 막고 있는 큰 암석이다. 골짜기에서 이곳의 물살이 가장 거칠
다고 한다.
• 돌 아궁이　중국 송宋나라 주희朱熹의 시 「다조」茶竈에 "선옹이 돌 아궁이 남겨 놓았으
니, 완연히 물의 가운데에 있도다"(仙翁遺石竈 宛在水中央)라는 구절이 있다.

곽종석 郭鍾錫, 1846~1919

장안사 長安寺

깎아지른 선장仙掌*에 위태롭게 임하였고
높다란 저승 관문*을 기이하게 대하였네.
부처의 혼백은 차가운 달빛에 엉겼고
천상의 향기는 빨간 복숭아에 맺혔네.
꿈속엔 언제쯤 도달해서
형체 밖으로 이 몸을 도망시킬까?
찻잔 비우고 구름 낀 산을 보니
별안간 한차례 바람이 불어오네.

危臨仙掌削 奇對鬼關高 佛魄凝寒桂 宸香縟醉桃

夢中何日到 形外此身逃 茶罷瞻雲嶠 天風倏一遭

출전: 「면우집」 권4

해설   1883년 38세 때의 금강산 유람 기록인 『동유록』東遊錄에 수록된 시로, 산길
을 거쳐 장안사에 도착하여 차를 마시며 지은 시이다.

• **선장仙掌** 금강산의 바위가 신선의 손가락처럼 길게 솟아 있으므로 이렇게 표현한다.
• **저승 관문** 이 말의 원문인 '鬼關'(귀관)은 원래 중국에 있는 귀문관鬼門關을 가리키나,
인간 세상을 벗어난다는 의미에서 험난한 고개나 관문을 의미하기도 한다.

곽종석 郭鍾錫, 1846~1919

성칠과 수창하다 酬星七

목마르면 두류산 차를 달이고
어두우면 태백산 소나무 태우네.
한가롭게 거처하니 좋은 일 많고
그윽한 뜻은 은둔에 두었네.
귀뚜리는 가을이라 길쌈을 재촉하고
비구름은 오후 늦게 농가를 적시네.
이때에 독서하지 않는다면
어떻게 한가함을 맛보리오.

渴煮頭流茗 暝燃太白松 閒居饒勝事 幽趣繫遲蹤

蟲候寒催織 龍功晚潤農 此間如不讀 何以味從容

출전: 『면우집』 권4

해설　앞의 시와 마찬가지로 『동유록』에 수록된 것으로, 성칠星七은 금강산에서 만
난 스님으로 추측된다. 차 마시고 불 지피는 산사의 일상 속에 독서를 더하여, 한가함
의 극치를 맛보고자 하였다.

곽종석 郭鍾錫, 1846~1919

계곡물을 마시다 澗飮

산 아래 차가운 물은 옥장玉漿*을 엎질러 놓은 듯
허명虛明함은 본래의 마음을 저버림이 없네.
차 끓이고 백출 달이느라, 이것저것 일이 많지만
승려처럼 사는 삶,* 매일매일 의미가 유장하네.

山下寒流倒玉漿 虛明無負本來腸 茶烹朮煎渾多事 瓶鉢朝朝意味長

출전: 「면우집」 권5

해설   「그윽한 우거의 일상생활(갑신년)」(幽僑日用三十詠〔甲申〕) 30수 중에서 두 번째 시이다. 1884년 경상북도 안동 춘양의 성산筬山에 은거할 때 지은 것으로, 산속 생활을 암자에 사는 승려의 삶에 비유하였다.

• **옥장玉漿**   신선이 마신다고 전해지는 음료를 가리킨다.
• **승려처럼 사는 삶**   마지막 구 원문의 '瓶鉢'(병발)은 물을 담는 정병淨瓶과 밥을 담는 발우鉢盂를 지칭하는 것으로, 곧 승려의 삶을 의미한다.

곽종석 郭鍾錫, 1846~1919

옥정 玉井

산신령이 속된 욕심 없어
이 옥장玉漿의 시원함을 나누어 주네.
정오에 병을 들고 돌아가서
솥에 물 부어 작설차를 달이네.

山靈無俗情 分此玉漿洌 日午提瓶歸 澆鐺烹雀舌

출전: 「면우집」 권5

해설 「화산정 이십영」華山亭二十咏 중에서 열한 번째 시이다.

곽종석 郭鍾錫, 1846~1919

찻잔 받침대 茶盞托

탁托은 잔을 받치는 집기입니다. 정태지程泰之의 『연번로』演繁露에 "당나라 최녕崔寧의 딸이 차를 마실 때 잔의 열기에 손가락을 데일까 염려하였다. 그래서 접시에 밀랍을 녹여 잔의 크기만 하게 고리를 만들어 그 가운데 고정시켜 놓고, 잔을 밀랍에 놓아 보니 기울어지는 곳이 없었다. 그로 인해 장인에게 명하여 옻칠하여 만들게 하였다. 최녕이 그 방법이 마음에 들어 '탁'托이라 하니, 이윽고 세상에 유행하였다"고 했습니다.

托是承盞之器 唐崔寧之女 飮茶而嫌其盞熱熨指 取楪子瀜蠟 象盞之大小而環結其中 置盞於蠟 無所傾側 因命工髹漆爲之 寧喜其制 名之曰托 遂行於世

출전: 『면우집』권31

해설　이사범李師範이 『가례』家禮의 내용을 질의한 것에 답한 편지로, 1874년에 쓴 것이다. 차탁茶托의 유래에 대해 설명한 글이다.

곽종석 郭鍾錫, 1846~1919

차솔〔茶筅〕과 탕병湯瓶*

다선은 무슨 물건인가?

다선은 구체적인 내용이 전하지 않아 어떤 것인지 분명하게 알지 못합니다. 그러나 중국 원나라 사종가가 지은 다선시에 "차군此君의 마디는 맑은 옥과 같은데, 밤엔 솔 소리 듣고 옥가루로 양치하네. 만 가닥 바람을 불러와 게 눈〔蟹眼〕을 잠재우고, 온 병瓶에 날리는 눈발이 용아龍牙에서 일어나네"라고 하였으니, 이를 보면 그 제도를 추측할 수 있습니다. 시에서 '차군'이라 하고 '청절淸節'이라 하였으니 대나무로 만들었음을 알 수 있고, '옥가루로 양치한다'라고 하고 '바람을 불러와'라고 하였으니 끓인 차를 휘저어 섞는 것임을 알 수 있고, '용아'라고 하였으니 가지의 마디가 가로로 난 것이 마치 용의 어금니와 같음을 알 수 있습니다. 무기 가운데 '낭선'*이라고 하는 것의 모양을 보면, 한 줄기 대나무를 쓰되 가지의 마디를 보존해서 만들었습니다. 다선의 모양은 필시 이것을 본떠 이름을 붙였을 것입니다. 아마도 한 줄기 대나무를 쓰되, 대나무의 끝에 편리하게 대나무 이빨을 둘레로 꽂아, 고르게 휘저어 섞는 데에 용이하도록 하였을 것 같습니다. 처음 찻잔 속에 기대어 놓고는 물병을 잡고 기울여 끓인 물을 부을 때에, 물결이 대나무 이빨에

• **탕병湯瓶**　채씨蔡氏가 말하기를, "은이나 쇠, 자기瓷器, 돌로 만든다" 하였다. 이는 작게 만들어 찻물이 끓는 것을 살펴보기 쉽게 한 것이다. 『가례고증』 제1권 「사당」祠堂.

• **낭선狼筅**　길이 1장 5척이고 쇠·대나무로 만들며, 9층 내지 11층의 가지에 다시 복잡한 가지가 달렸고, 줄기의 맨 끝에 날이 달려 있는 무기. 또는 그것을 쓰는 무예를 뜻한다.

부딪히면 뭉글뭉글 날리는 눈발처럼 일어납니다. 그렇지만 지금 제사에는 차를 쓰지 않으니, 다시 그것을 이해하여 쓴들 무엇하겠습니까?

탕병은 무슨 물건인가?

구준丘濬의 『가례의절』家禮儀節에서 고찰할 수 있습니다. 옛사람이 차를 마실 적에 반드시 차의 가루를 잔 속에 먼저 담아 놓고 뜨거운 물을 붓고 휘저어 섞은 뒤에 마셨습니다. 그러므로『가례』에 탕병이 있습니다.

茶筅是何物

茶筅其制不傳 未知其的是如何 然元人謝宗可有茶筅詩曰 此君淸節瑩無瑕 夜聽松聲漱玉華 萬縷引風歸蟹眼 一甁飛雪起龍牙 觀此亦可以推其制矣 曰此君曰淸節 可知其以竹爲之 曰漱玉華曰引風則可知其所以攪和茶湯者也 曰龍牙則可知其枝節之橫生如牙齒然也 且觀軍器所謂狼筅之制則用一條竹 仍存枝節爲之 想茶筅之制 必倣此得名 疑用一條竹 竹之近杪處環揷竹齒竹牙 以便於匀勻攪和 而初却倚置於茶盞中 把那甁子倒瀉湯時 其波浪撞激了筅牙 颯起如飛雪樣也 雖然今祭祀旣不用茶 却更理會他做箇則甚

湯甁是何物

丘儀可考 古人之飮茶也 必先以茶末置盞中 乃以熱湯傾倒 攪和而後飮之 故此有湯甁

출전:『면우집』권41

해설　최효룡崔孝龍이『가례』의 내용에 대해 질의한 것에 답한 편지로, 1871년에 쓴 것이다.

꿈에 양규梁珪를 만나다 夢梁伯圭(珪)

당시에 어찌 꿈에서 만날 줄을 알았으랴.
돌 아궁이에 달인 차 아무 맛이 없었네.
옆 사람이 흔들어 꿈 깨고 나니
용화사에서 들려오는 오경의 종소리.

當時豈道夢中逢 石竈烹茶苦未濃 忽被傍人相攪覺 龍華寺裏五更鍾

출전: 「이해학유서」李海鶴遺書 권11

해설 꿈속에서 양규를 만나고 깨어나서 그와 헤어지던 날을 회상한 내용이다. 당시에는 차 맛도 느낄 수 없었고, 꿈에서 만날 줄은 상상도 하지 못했노라 말하고 있다.

심우경의 시에 화답하며―아울러 도귀보屠歸甫 (경산의 호이다)를 생각하다 酬沈友卿 兼懷屠歸甫(敬山號)

색옹의 재능은 참으로 비상하니
푸른 하늘에 그물 쳐서 봉황을 잡네.
유명한 동산을 나누어 원외의 터를 만드니
여러 유생들이 '정공향'이라고 부르네.*
서책을 강독하고 난 뒤, 학 울음소리 듣고
쌉쌀한 차 손수 달이느라 낙엽을 태우네.
이 늙은이에게 밝은 달밤을 허락해 준다면
술 실은 배를 저어 벽계수 가로 가리!

• 유명한 ~ 부르네   중국 후한後漢 때 공융孔融이 고향으로 돌아온 정현鄭玄을 존경하여, 그의 집을 '정공향鄭公鄕'이라 불렀다. 이와 마찬가지로 심우경을 존경하는 고향 유생들이 별도의 공간을 만들어 공융이 정현을 존숭한 것처럼 그를 떠받들 것이라는 의미로 이해된다.

薔翁才力儘非常 設網青天網鳳皇 名苑分爲員外壙 諸生呼作鄭公鄕

羣書罷講聽鶴唳 苦茗自煎燒葉黃 倘許病夫明月夜 酒船撑到碧溪傍

출전: 「소호당집」韶濩堂集 권5

해설 『임자고』壬子稿에 수록된 전체 3수 중 첫 번째 시로, 김택영이 중국에 있던 1912년에 지은 것이다. 심우경과 도귀보는 모두 중국 사람으로 동향이면서 서로 친했다. 그래서 심우경의 시에 화답하면서 도귀보를 생각한 것이다. 도귀보는 자가 경산敬山인 도기屠寄라는 인물로 추정된다.

김택영 金澤榮, 1850~1927

초석산방에서 蕉石山房 ……

찌는 더위, 곳곳마다 화로에 불을 피우는데
그대 따라 이날에 신선 세계에 함께 왔네.
오래된 집은 숲 속에 꼭꼭 숨어 있고
푸른 하늘은 밝은 달 속에 환하네.
밥그릇 들고 오니 김이 무럭무럭
식사 마친 뒤 차 끓이니 반은 신선이로다.
다시 양생楊生과 함께 『사기』史記와 『한서』漢書를 얘기하니
천고의 낙사洛社* 유희는 자랑 말라.

炎蒸到處火爐烘 此日從君玉界同 古屋迷藏林影裏 靑天露坐月明中

擎來飯椀全和霧 飮罷茶湯半馭風 更得楊生談史漢 千秋洛戲莫誇雄

출전: 『소호당집』 권5

원제　초석산방에서 진기와 함께 야식을 먹었다. 양곡손楊穀孫 군도 자리에 있었
다. 돌아와서 부치다 蕉石山房 同晉奇夜飯 楊君穀孫亦在座 歸後有寄

해설　『갑인고』甲寅稿에 수록된 전체 2수 중 첫 번째 시로, 중국에 있던 1914년에
지은 것이다.

• 낙사洛社　중국 송나라의 구양수歐陽修, 매요신梅堯臣 등이 낙양에서 낙사라는 시 모
임을 조직하여 즐긴 일을 말한다.

지규식 池圭植, 1851~ ?

공인貢人의 일기

맑음.

쌍호 허 감역監役 댁에서 부탁한 제기 접시 1죽, 탕기 5개, 보시기 5개, 종지 5개, 제주祭酒 병 1개, 향로와 향합 1벌을 사 왔다. 한 사람과 정담을 나누며 함께 걸었다. 돈 100냥을 어머님께 드렸다. 권 생원, 유 초사와 함께 읊은 시를 추후에 기록하였다.

보압*에 향불 사위고 작설차 끓는데
향로 가득 피는 연기 꼬불꼬불 맑도다.
봄 되면 천 그루의 꽃나무 집을 장식하고
밤이면 한 병의 술이 손님을 머물게 하네.
비가 오려는 강 풍경은 제 빛을 잃고
대숲에 바람 불어 푸른 소리 보내온다.
덧없는 생에 너무 늦게 만난 것 한스러워
부질없이 마음의 향 피우며 오경五更에 앉았네.[1]

• 보압寶鴨 오리 모양을 새긴 향로.

晴

雙湖許監役宅所托祭器接匕一竹湯器五介 甫兒五介 宗子五介 祭幷一介 爐合一部貿

來 與伊人談懷連行 文一百兩納于萱堂與權生員柳蕉史 共吟詩追錄 日

寶鴨燒殘雀舌烹, 滿爐瀚潑篆煙淸

春將潤屋花千樹 夜可留賓酒一瓶

欲雨江天非本色 臨風園竹送新聲

浮生最恨相知晚 謾熱心香坐五更

¹ 천유가 갚아야 할 몫이 451냥 2전이다(天裕許所報條爲四百五十一兩二錢).

출전: 『하재일기』荷齋日記 「신묘음청록」辛卯陰晴錄

해설　『하재일기』는 궁궐과 관청에 각종 그릇을 납품하는 공인貢人 지규식이 고종 28년(1891)부터 1911년까지 20여 년간에 걸쳐 쓴 일기다. 이 글은 신묘년(1891) 2월 30일자 일기로, 그날의 일을 간단히 쓰고 지인들과 함께 지은 시를 기록했다.

이건창 李建昌, 1852~1898

호쾌한 유람 俊游

돌이켜 보니 그날의 호쾌한 유람 이미 옛날 되어
초가에서 앓아누운 지 벌써 열흘 지났네.
연경燕京에서 비 오던 날 술에 취한 때 그립고
패강浿江에서 늦봄 꽃 좋던 시절 애석하네.
자기가 꼭 자신을 잊은 것은 아니고*
등우도 오늘이라면 나를 비웃을 수 있으랴!*
서생의 취미야 더구나 담박하니
책상과 차 부뚜막만이 서로 친하네.

• **자기子綦가 ~ 아니고** 『장자』莊子「제물론」齊物論에서, 남곽자기南郭子綦가 "안석에 기대어 앉아 하늘을 우러러 긴 숨을 내쉬며, 마치 자기의 형체를 잊은 것 같았다"고 묘사한 구절에 빗대어 쓴 말이다.

• **등우鄧禹도 ~ 있으랴** 중국 남제南濟 때 왕융王融이 서른 가까운 나이에 중서랑이 되었는데, 밤에 숙직을 하다가 책상을 어루만지며 '나의 초라함을 등우는 비웃을 것'이라고 한 일화가 있다. 등우는 중국 한漢나라의 개국공신으로 광무제를 도와 24세에 삼공三公의 반열에 올랐기 때문에 이렇게 말한 것이다.

俊游回首卽前塵 小病茅齋又一旬 燕市酒闌懷舊雨 洱江花好惜餘春

子慕未必眞遺我 鄧禹如今解笑人 還却書生風味澹 筆牀茶竈自相親

출전: 「명미당집」明美堂集 권2

해설 옛날 호쾌하게 연경에서 노닐던 시절을 회상하며, 지금 자신에게는 오로지
책을 보고 차를 마시는 일만이 즐거움으로 남았음을 말하였다.

이건창 李建昌, 1852~1898

삼가 대원군의 서거 소식을 듣고

伏聞大院君捐逝 ……

왕손이 정계에 돌아간 때는
부친이 은거했던 시기였지.
찻잎은 향기로운 솥에 뜨고
난꽃은 벼루 씻는 못을 덮었지.
한가로우면 사냥하던 시절 생각하고
노련한 솜씨로 새 바둑돌을 헤아리셨네.
용과 범의 도량을 헤아리기 어려우니
범인이 이 같은 경지를 어이 알리오.

公孫歸政日 家耄遜荒時 茗葉浮香鼎 蘭花拂硯池

身閑思舊獵 手老算新棋 龍虎誠難測 邦人爾豈知

출전: 『명미당집』 권6

원제 삼가 대원군의 서거 소식을 듣고 오언 율시 열 수를 지어 예전의 감정을 부치
다 伏聞大院君捐逝 敬賦五律十首 以寓疇昔之感

해설 전체 10수 중에서 다섯 번째 시이다. 대원군이 생전에 난을 잘 치고 차를 즐
겨 마셨으며, 사냥과 바둑을 좋아하였음을 말하고 있다.

이남규 李南珪, 1855~1907

『속정원록』 중에서

술 대신 차 끓이고 나물로 안주 삼아
산속 생활이 마치 대나무 집 같다지.
청려장靑藜杖을 휘저으며 찾아가고 싶지만
나부끼는 백발을 어떻게 버리랴!
찾아온 객을 유심경*이라 비웃고
객을 보고 무구포*라 하든 말든,
도연명은 본래 벗이 적은데도
벼슬 버리고 돌아가 친구 끊었다지.

---

* 유심경有心磬   『논어』論語 「헌문」憲問에 나오는 이야기로, 삼태기를 메고 지나가던 자
가 공자가 경쇠 치는 소리를 듣고는, "깊은 생각이 있구나, 경쇠를 치는 자여!"(有心哉 擊
磬者) 하였다가, 다시 "비루하구나, 땅땅거리는 소리여! 자신을 알아주지 않으면 그만두면
될 일이 아닌가! 물이 깊으면 옷을 벗고 잠방이 바람으로 건너고, 물이 얕으면 옷을 걷고
건널 일이다" 하였다.
* 무구포無口匏   아귀가 없는 호리병박. 중국 송나라의 어진 정승 이항李沆이 매우 과묵
했는데, 사람들이 그를 '무구포'라고 하였다.

烹茶替酒菜爲肴 聞說山居似大茅 一杖靑藜便欲往 數莖白髮那由抛

過門應笑有心磬 對客任稱無口匏 陶令本相知近隘 解官歸去息朋交

출전: 『수당유집』修堂遺集 1책

해설　1900년 겨울에 삼종형 오산공午山公이 오산烏山 아래에서 모임을 만들고 각자 시를 지어 『속정원록』續貞元錄이라는 시첩을 만들었는데, 이 시첩에 부친 시이다.

육방옹의 시에 차운하다 次放翁韵

해 떨어진 군성郡城에 사람 아직 돌아가지 않았는데
밤이 깊어 촛불 밝히고 스스로 사립문 닫았네.
높은 오동엔 이슬 무거워 바람 없이도 쏟아지고
먼 절벽엔 노을이 가벼워 달빛인 듯 아닌 듯.
샘물 맛은 오래도록 달이면 온전하기 어렵고
대숲 서늘한 기운은 새로 빤 옷에 잘 스미네.
침상 기대어 곤히 든 잠, 갑자기 깨니
저 도도*엔 아침 해가 이미 떴겠네.

• **도도桃都**　전설에 나오는 나무 이름. 『현중기』玄中記에 의하면 "동남쪽에 도도산이 있고 그 위에 큰 나무가 있어 도도라 이름 하는데, 가지끼리 서로의 거리가 삼천 리나 된다. 그 위에는 하늘 닭 한 마리가 있어 아침 해가 막 돋아 올라 햇살이 이 나무를 비추면 하늘 닭이 즉시 울고 뭇 닭이 그를 따라 일제히 운다"(東南有桃都山 上有大樹 名曰桃都 枝相去三千里 上有一天鷄 日初出 光照此木 天鷄則鳴 群鷄皆隨之鳴)라고 하였다. 『태평어람』太平御覽 권918.

日落郡城人未歸 夜深引燭自關扉 高梧露重無風瀉 遠壁霞輕似月非

泉味難全煎久茗 竹凉易透澣來衣 倚床忽破昏昏睡 念彼桃都已早暉

출전: 『매천집』梅泉集 권2

해설   이하 『매천집』 번역은 한국고전번역원에서 펴낸 『국역 매천집』을 참조하였다.

황현 黃玹, 1855~1910

선오*와 함께 짓다 同善吾作

비단 띠같이 맑은 강이 고운 안개 토하니
산속 생활의 시 세계 또한 뽐낼 만하지.
석 되 술을 받는 작은 벼슬은 없지만*
일곱 잔 차*를 읊은 차 노래는 있다오.
몽당비* 같은 시문은 혼자 즐길 만하고
집 안 가득 꽃나무가 사치라 할 순 없지.
성긴 숲에 매미 소리 끊어져 문 앞이 고요하니
평상에 다리 걸치고 달빛을 감상하네.

- **선오善吾**　이병호李秉浩이다. 자가 선오, 호는 백촌白寸이다. 매천의 제자인 듯하다. 구례 운조루雲鳥樓의 주인 유제양柳濟陽의 일기『시언』是言과 아들 유형업柳瑩業의 일기『기어』紀語에 의하면 구례군 용방면 용강리 두동 마을에 살았다.
- **석 되 술 ~ 없지만**　『고금사문유취』古今事文類聚에 "당나라 시인 왕적王績은 술을 좋아하였다. 문하성 대조門下省待詔로 있을 때에 문하성에서 매일 술 석 되를 지급하였는데, 아우가 묻기를, '대조로 있는 것이 즐겁습니까?' 하니, 답하기를, '대조의 녹봉은 아주 하찮지만, 술 석 되가 다소 맘에 든다' 하였다. 같은 대조로 있던 친구가 '술 석 되로는 왕 선생을 붙잡아 둘 수 없겠다'라고 여기고는, 날마다 술을 한 말씩 주게 하였다. 그래서 당시 사람들이 왕적을 두주학사斗酒學士라고 불렀다" 하였다.
- **일곱 잔 차**　중국 당나라 시인 노동의 시를 가리킨다. 곽종석의 시「이치유에게 화답하여 보이다」의 주 참조(이 책 50쪽).
- **몽당비**　몽당비는 빗자루로서의 역할을 제대로 못하는 하찮은 것이지만, 주인에게는 애착이 가는 물건이다. 자신의 작품을 일컬을 때 쓰는 겸사이다. 중국 삼국시대 위魏 문제文帝 조비曹조가 지은『전론』典論에 "집 안의 몽당빗자루를 천금처럼 애지중지한다"(家有弊帚 享之千金)라고 한 말에 전거를 둔 표현이다.

練帶淸江綺吐霞 山居詩境亦堪誇 宦無待詔三升醞 歌有先生七椀茶

弊帚詩文聊自好 全家花木不嫌奢 疎林蟬斷門如洗 掛脚胡床弄月華

출전: 『매천집』 권3

해설　　『무술고』戊戌稿(1898)에 수록된, 전체 9수 중에서 여덟 번째 시이다.

황현 黃玹, 1855~1910

이산이 소식의 「취성당설」시*에 화운하여 부쳤기에 답시를 쓰다 酬二山和東坡聚星堂雪詩韻見寄

낙엽이 젖어 새벽 아궁이에 불이 들지 않고

아이들은 일찍 일어나 눈을 쓰느라 시끌벅적.

아침엔 바람 없이 날씨 차츰 쌀쌀해지고

갤 듯하다 이내 다시 펄펄 내리네.

깊은 골목엔 바람이 몰아가 무더기로 쌓이고

높은 처마에선 큰 덩어리 떨어져 완전히 부서지네.

창틈으로 들어온 가벼운 눈송이는 다시 돌아가려 하고

옷에 내린 무거운 추위는 보고 있으려니 없어지네.

섬돌엔 꼬리 치며 삽살개들이 날뛰고

소나무 끝엔 깃을 치며 주린 솔개가 앉네.

움켜 먹으며 마구 뛰놀던 어린 시절 추억하고

가만히 보노라면 도리어 눈이 흐려졌나 근심되네.

뜰의 대나무를 모조리 휘어 놓으려 하고

차 끓이기 재촉하며 흰 가루를 갈아 내네.

험한 곳을 메워 천 갈래 길 평평하게 만든 것 반갑더니

• **소식蘇軾의 「취성당설」시** 　중국 송나라 구양수가 영주潁州에 있을 때 취성당에서 눈이 오는 날 빈객들과 시를 지으면서, 옥玉, 월月, 이梨, 매梅, 연練, 서絮, 백白, 무舞, 아鵝, 학鶴, 은銀 등 눈을 읊을 때에 흔히 등장하는 글자를 쓰지 못하게 했는데, 그 뒤 소식이 구양수의 규칙을 따라 「취성당설」聚星堂雪이라는 시를 지었다.

옛일 생각함에 한순간에 스쳐가는 것 더욱 안타까워라.

섬곡에서 배 돌린 일*은 너무나 썰렁한 이야기이고

양왕梁王이 통지 보낸 일*은 공연히 부러운 이야기라네.

원생이 뻣뻣이 누워 깊이 문을 닫았으니*

이 사람 철석간장*을 누가 알아줄까?

曉坑火鬱濕枯葉 家僮早喧聞掃雪 詰朝無風天轉嚴 欲霽旋復飛不絶

深巷陣捲吹倍積 高簷墜厚勢全折 穿牖片輕疑尋返 粘衣寒重看至減

石角磨礱羣猞戲 松梢側翅饑鳶挈 捫餐追憶童心狂 注望翻愁老眼纈

擬盡庭竹模成亞 催淪龜茶碾作屑 已喜埋險平千歧 更嗟攬古忙一瞥

- **섬곡剡曲에서 ~ 일** 중국 동진東晉의 서예가 왕휘지王徽之가 산음山陰에 살았는데, 눈이 많이 내린 밤에 잠이 깨어 갑자기 섬계에 사는 벗 대안도戴安道가 생각나 배를 타고 만나러 갔다가 새벽에 그 집 문 앞에 이르러 감흥이 식자 들어가지 않고 돌아왔다는 일화.
- **양왕梁王이 ~ 일** 중국 한漢나라 때 문제文帝의 아들인 양효왕梁孝王은 궁실과 원유苑囿의 향락을 좋아하여 토원兎園, 원암猿巖, 안소雁沼, 학주鶴洲, 부저鳧渚 등을 만들어 놓고 즐겼는데, 하루는 토원에 있다가 큰 눈이 내리자 사마대부司馬大夫들에게 통지서를 보내서 말하기를, "그대들의 숨겨 두었던 생각을 뽑아내서 과인을 위해 시를 지어 보라" 하였다고 한다. 이것을 '양원수간梁園授簡'이라 한다.
- **원생이 ~ 닫았으니** 원생은 원안袁安으로, 중국 한漢나라 때의 사람이다. 큰 눈이 한 길 넘게 내려 낙양령洛陽令이 순찰을 나가서 보니, 민가에서는 모두 눈을 치우고 나와 식량을 구걸하는데, 원안의 집 문 앞에는 사람의 자취가 없었다. 얼어 죽었을 것으로 생각하고 눈을 치우고 방에 들어가 보니 원안이 뻣뻣하게 누워 있었다. 왜 밖으로 나오지 않았느냐고 물으니 원안이 답하기를, "큰 눈이 내려 사람들이 모두 주리고 있는데 남들에게 먹을 것을 요구하는 것은 옳지 않다" 하였다. 이 이야기는 '원안와설' 袁安臥雪, '원안고와' 袁安高臥 등의 고사성어로 활용된다.
- **철석간장** 원문의 '腸鐵'(장철)은 철석간장 또는 철심석장鐵心石腸을 말하는데, 의지가 철석 같아 외물外物에 동요되지 않음을 비유한다.

剗曲回舟太冷話 梁園授簡空艷說 袁生僵臥門深閉 此子誰憐腸是鐵

출전: 『매천집』 권3

해설   『무술고』에 수록된 시로, 이산二山은 앞 시의 주에 나오는 유제양柳濟陽이
다.

황현 黃玹, 1855~1910

서당의 학동들을 위해 날마다 당시唐詩의 운을 뽑아 함께 시를 짓다 爲塾中諸童子 逐日拈唐韻同作

쏴아쏴아 회오리바람 뜰을 훔치며 지나가고
때로 처마의 참새가 땅으로 툭툭 떨어지네.
밤새운 등잔불은 새벽 되자 완연히 희미하고
오래된 눈은 얼음이 되어 푸른빛을 띠었구나.
고고한 매화 꽃송이는 차가움 머금었고
보글보글 찻물 소리는 가늘어서 듣기 좋네.
서당 학동들 똑똑한 게 큰 차이가 없어
너도나도 『맹자』 끼고 경서 배운다 자랑하네.

獵獵旋風掠過庭 有時簷雀墮仍停 燈遲到曙全涵白 雪久成冰自映靑

落落梅蘥寒可掬 蓬蓬茶鼎細堪聽 塾童慧鈍無多等 齊挾鄒書詑受經

출전: 『매천집』 권3

해설　『경자고』庚子稿(1900)에 수록된, 전체 3수 중 첫 번째 시이다.

황현 黃玹, 1855~1910

다시 문성재*에 이르러 復至文星齋

밤중의 비바람 소리는 나그네라 먼저 듣지만

고개 너머 그리운 우리 집은 더욱 아득하구나.

첫 찻잎 딸 시기는 이미 지나갔겠고

한 뙈기 인삼 밭은 묵밭 되어 가고 있겠지.

늙은이 회포는 언제나처럼 동갑내기 벗과 나누고

시 짓는 비결은 부지런히 후진에게 전해 주네.

세상일은 십 년 동안 백 번이나 변했지만

봄 산은 변함없이 초당 앞에 우뚝하네.

夜來風雨客聞先 隔嶺思家轉杳然 已過頭番摘茶候 將蕪一畝種蔘田

老懷慣與同庚話 詩訣勤從後輩傳 世事十年驚百變 春山依舊草堂前

출전: 『매천집』 권3

해설　『신축고』辛丑稿(1901)에 수록된 시이다. 문성재로 와서 집안의 일상적인 풍경들을 떠올리며, 한편으로 급변하는 당시 정세를 근심하고 있다.

• **문성재文星齋**　황현이 제자들에게 강학하던 곳으로 추정되나, 자세한 것은 미상이다.

황현 黃玹, 1855~1910

11월 29일 만수동*에서 월곡으로 이거하다
十一月二十九日 自萬壽洞 移居月谷

고인들 말씀 참으로 지당하니

인생은 바로 나그네살이.

어딘들 진창이 아니리오!

기러기가 우연히 앉았을 뿐*이라네.

저기 울창한 간전*의 산은

숲 속 골짜기가 깊어라.

열일곱 해 동안 살면서

그저 형비*를 지켰을 뿐.

갑자기 그곳을 떠나

• **만수동萬壽洞**　전라남도 구례에 속한 마을 이름으로, 황현은 1886년 12월에 광양에서
이곳으로 이사하여 살았다.

• **기러기가 ~ 뿐**　인생이나 사업의 덧없음을 비유하는 말로서, 여기서는 일정한 주거에
집착할 필요가 없음을 표현한 것이다. 중국 송나라 소식의 「자유의 '민지에서 옛 일을 회고
하며'에 화답하여」(和子由澠池懷舊)라는 시에 "이내 인생 가는 곳마다 그 무엇과 같을까.
나는 기러기가 눈 진창 위에 자국 남김과 같으리. 진창 위에 우연히 발자국을 남겼지만,
날아간 뒤에야 다시 어디로 갔는지 알 수 있으랴"(人生到處知何似 應似飛鴻踏雪泥 泥上
偶然留指爪 鴻飛那復計東西)라고 한 데서 온 말이다.

• **간전艮田**　전남 구례군의 섬진강과 백운산 자락 사이에 위치한 면 이름으로 만수동이
이곳에 있다.

• **형비衡泌**　'형'은 나무를 가로질러 만든 보잘것없는 문을, '비'는 샘물을 말하는데, 안분
자족安分自足하는 은자의 거처를 가리킨다. 은자가 은거하는 즐거움을 노래한 『시경』 진
풍陳風 「형문」衡門 시에서 유래하였다.

남악의 터에 전답을 샀네.

어찌 도피할 생각이랴

새것이 좋아서 그런 것일 뿐.

이름난 차, 진귀한 과일

기름기 씻어 주었지만,

하루아침에 허기가 지니

고량진미 다시 생각나네.

산에 살 땐 험한 바위 겁났는데

이곳은 평평해서 좋다네.

나귀 타고 한달음에 당도하니

밤 깊어 개울엔 달이 지고 있었네.

눈 들면 온통 넓고 평탄하니

명당자리 찾을 필요 없겠네.

괴로이 무릉도원 찾아다니는 것은

참으로 어리석은 사람의 일.

웃으며 남산의 안개 가리키며

이제 이곳에 은거해야지.＊

＊ **웃으며 ~ 은거해야지**　원문에 나오는 '豹隱'(표은)은 능력 있는 사람이 벼슬하지 않고 은거하는 것을 말한다. 중국 한漢나라 유향劉向의 『열녀전』列女傳 「도답자처」陶答子妻에 보면 "첩이 들으니 남산에 검은 표범이 있는데 안개비 속에서 이레 동안 아무것도 먹지 않고 산 위에 가만히 있다고 합니다. 이는 무엇 때문이겠습니까? 그 털을 윤택하게 하여 문장을 이루기 위해서입니다" 하였다.

古人誠達論 人生如寄耳 何處非雪泥 飛鴻偶相値

鬱鬱艮田山 林塹頗云邃 棲棲十七年 聊且守衡泌

翩然便辭去 買田南岳趾 何曾計趨避 故厭新則喜

名茶與珍果 亦旣洗油膩 一朝胃氣薄 復思粱肉美

山居畏岩險 樂此平如砥 騎驢直抵門 夜深溪月墜

擧眼皆康莊 不必求福地 苦覓桃花源 諒是愚夫事

笑指南山霧 豹隱且墟里

출전: 「매천집」 권4

해설　『임인고』壬寅稿(1902)에 수록된 시이다. 새로 마련한 거처의 풍경과 감회를 말한 다음, 그곳에서 은거할 결심을 밝히고 있다.

황현 黃玹, 1855~1910

촉차 蜀茶

지난 임인년(1902)에 나는 동년同年 송평숙宋平叔°을 방문하였다. 평숙
이 막 상해에서 돌아와 내게 사방 1치 되는 촉차를 주면서 이르기를,
"촉 지방 선비에게서 얻었다" 하였다. 나는 집에 돌아와 차를 끓여 맛
을 보았는데, 맛이 매우 향기롭고 시원하였다. 자주 맛을 음미하면서
그를 위해 시 한 수를 읊어 보려고 했으나, 그러지 못하였다. 월곡으로
옮겨 오면서 한가한 날에 옛 상자들을 점검하였는데, 아직도 그 반이
남아 있었다. 드디어 기쁘게 한 사발을 시음하자니, 시가 뒤따라 이루
어졌다. 대개 그 묵은 빚을 갚은 셈이다.

동년의 젊은이는 자가 평숙인데
모습은 좌사°요, 재주는 반·육°이네.
풍류는 진나라의 인물들° 같아서
좁은 강산 미련 없이 떠나갔지.

• **송평숙宋平叔** 언론인이자 교육자였던 송태회宋泰會. 평숙은 그의 자이다.

• **좌사左思** 중국 서진西晉의 문장가로, 「삼도부」三都賦로 유명한 인물이다.

• **반潘·육陸** 중국 서진의 문장가이자 미남자였던 반악潘岳과 육기陸機를 가리킨다. 모
두 시문에 뛰어나 양梁나라 종영鍾嶸이 『시품』詩品에서, "육기의 재주는 바다와 같고, 반
악의 재주는 강과 같다"라고 평하였다.

• **진나라의 인물들** 중국 위魏나라와 진晉나라가 교체되던 시기의 고사高士들인 이른바
죽림칠현竹林七賢, 즉 혜강嵇康, 완적阮籍, 완함阮咸, 산도山濤, 상수向秀, 유령劉伶, 왕
융王戎을 가리킨다. 노장의 정신을 숭상한 이들은 항상 산음현山陰縣의 죽림에 모여 거문
고와 술을 즐기며 청담淸談으로 세월을 보냈다.

어느 날 배를 돌려 상해에서 돌아와

누룩 같은 덩이차를 내게 주었네.

서촉 사람에게 얻은 것인데

풍미가 일반 차와 다르다 하네.

명성 들은 뒤로는 감히 범접 못하다가

날을 받아 달이면서 삼가 재계하였네.

돌솥 씻으니 청명한 빛 발하고

새벽 샘물은 더할 수 없이 맑네.

순식간에 보글보글 끓어올라

한 조각 떼어 찬 옥玉 안에 담그네.

두터운 거품과 가는 꽃이 찻잔 표면에 가득하니

마시기도 전에 눈길을 먼저 끄네.

담담하게 옆 사람과 대화하며 느끼나니

색깔, 향기, 맛이 모두 과연 촉산蜀産이네.

탕화*에는 가늘게 금강의 흰 물결 번득이고

운각*은 멀리 아미산의 푸름을 띠고 있네.

상상컨대 싹이 돋아 잎이 피면

천협*의 산과 계곡에 가득하리.

• **탕화湯華** 찻물이 끓을 때 생기는 꽃, 곧 거품을 말하는 것으로, 중국 당나라 육우의
『다경』茶經에, "말발沫餑은 탕湯의 꽃(華)이다. 꽃이 엷은 것을 '말'沫이라고 하고, 두터
운 것을 '발'餑이라고 하며, 가벼운 것을 '화'花라고 한다" 하였다.

• **운각雲脚** 중국 송나라 채양蔡襄이 지은 『다록』茶錄의 '점다'點茶에, "차가 적고 탕이
많으면 구름[雲脚]처럼 흩어지고, 탕이 적고 차가 많으면 죽[粥面]처럼 엉긴다" 하였다.

• **천협川峽** 중국의 익주益州, 재주梓州, 이주利州, 기주夔州 등 천협사로川峽四路를
가리키는 것으로, 지금의 사천성四川省이라는 지명이 여기에서 유래되었다.

노두의 시내* 곁 숲이 아니랴

삼소의 사당* 뒤 기슭이로다.

외국까지 이름난 차의 산지인지라

산천 풍물이 정말 궁금하구나.

평생토록 바라던 중국 유람이지만

고서를 보며 상상할 따름.

천태, 안탕*에 나막신 신고 올라 보고

칠택, 삼상*에 돛배 타고 올라 보네.

서홍조*는 형으로 섬기고

종소문*은 아기처럼 품어 주리.

• **노두老杜의 시내**　노두는 중국 당나라 때의 시인 두보杜甫를 가리킨다. 노두의 시내는 사천성 성도시成都市 서쪽 교외, 금강錦江의 지류인 완화계浣花溪를 말하는 것으로, 현실에 염증을 느낀 두보가 말년에 그 근처에 초당을 짓고 은거하였다. 성도는 중국에서도 손꼽히는 차의 생산지이다.

• **삼소三蘇의 사당**　삼소는 중국 송나라 때의 문장가로 당송팔대가의 일원이었던 소순蘇洵과 소식, 소철蘇轍 삼부자를 가리킨다. 이들의 사당인 사천성 미산眉山의 삼소사三蘇祠는 원래 삼소가 살던 집인데, 명나라 때 사당으로 고쳐서 제사를 지내고 있다. 두보의 사당이 있는 성도와는 약 80리 거리에 있다. 미산은 '죽엽청차'竹葉靑茶의 산지로 유명한 곳이다.

• **천태天台, 안탕雁宕**　중국 절강성에 있는 명산 이름이다. 이 구절부터 "종소문은 아기처럼 품어 주리"까지는 황현이 중국에 가 있는 것을 상상하는 내용인 듯하다.

• **칠택七澤, 삼상三湘**　중국 호남성에 있는 저수지와 강 이름이다.

• **서홍조徐弘祖**　중국 명나라 말기의 지리학자로, 그가 남긴 『서하객유기』徐霞客游記는 명대 지리학의 연구에 중요한 자료로 활용되고 있다.

• **종소문宗少文**　중국 송나라 때의 서화가인 종병宗炳을 가리키는 말로, 소문은 그의 자이다. 형산衡山에 은거하면서 조정에서 불러도 일절 응하지 않았다. 노년에 병이 들어 명산을 유람하지 못하게 되자, 그동안 다녔던 명승지를 그림으로 그려 걸어 놓고는 누워서 감상하며 노닐었다는 고사가 전한다.

어찌할거나, 꿈을 꿔도 길을 알지 못하니
신마•가 발해의 굽이에서 방황하네.
이제 와 호락•은 말할 것 없으니
거울 속 백발이 부끄러워라.
한 사발 차에 세 번 감탄하게 되니
어찌하면 이 몸을 황곡•으로 만들어 볼까?

往壬寅 余訪宋同年平叔 平叔新自上海還 遺余蜀茶方寸 曰得諸蜀士云 余歸家煎湯點之 味殊芳冽 亟賞之 欲爲之賦一詩未果也 及寓月谷 暇日檢舊篚 尙餘其半遂欣然試一椀 詩從以就 盖償其宿債也

同年少年字平叔 貌如左思才潘陸 風流自是晉人物 掉臂江湖厭局促
一朝舟碾上海還 貽我團茶如破麴 自言得之西蜀人 風味迥非凡茶族
聞名便已不敢褻 筮日煎烹謹薰沐 石罐千洗發灝光 汪汪晨泉奪瀘淥

• **신마神馬** 『장자』「대종사」大宗師에서 "조물자가 나의 꽁무니를 점점 변화시켜 수레바퀴로 만들고 나의 정신을 말로 변화시킬 경우, 내가 그 기회에 타고 노닌다면 어찌 다시 수레 같은 것이 필요하겠는가"(浸假而化予之尻以爲輪 以神爲馬 予因而乘之 豈更駕哉)라고 하였다.

• **호락瓠落** 『장자』「소요유」逍遙遊에서 장자莊子가 혜자惠子에게 말하기를 "지금 자네에겐 닷 섬들이 바가지가 있는데, 어찌하여 그것을 큰 통으로 만들어 강호에 띄울 생각은 하지 못하고, 그것이 너무 커서 쓸데가 없다고 걱정만 하는가?"(今子有五石之瓠 何不慮以爲大樽而浮乎江湖 而憂其瓠落無所容)라고 한 데서 온 말이다.

• **황곡黃鵠** 속세를 벗어나 은거하는 높은 재주를 가진 현사賢士를 비유하는 말이다. 『문선』文選 권33 굴원屈原의 「복거」卜居에 "차라리 황곡과 날개를 나란히 할까? 장차 닭이나 오리와 먹이를 다툴까?" 하였고, 유량劉良의 주에서는 "황곡은 일사逸士를 비유한다" 하였다.

須臾淘淘魚眼盡 切以方寸浸寒玉 餑厚花細盞面勻 未及下咽先奪目

慘澹說與傍人知 色香氣味無非蜀 湯華細翻錦江白 雲脚遙帶峨眉綠

想當吐芽抽鎗時 布滿川峽衆山谷 除非老杜溪傍林 定是三蘇祠後麓

萬里歷歷茶産地 山川風物紛振觸 平生我欲游中國 思至惟將古書讀

天台鴈宕響屐齒 七澤三湘飽帆腹 徐弘祖可兄事之 宗少文堪兒輩畜

爭奈夢中不識路 神馬傍徨渤海曲 如今瓠落莫須說 青銅羞對雙鬢禿

一椀茶三歎息 安得化身爲黃鵠

출전: 「매천집」 권4

해설　『갑진고』甲辰稿(1904)에 수록된 시이다. 1902년 동년배 송태회가 상해에서 돌아오면서 선물한 촉차蜀茶를 1904년에 다시 맛보며 새삼 감사의 뜻을 읊었다.

황현 黃玹, 1855~1910

은혜로운 자급을 받은 것을 하례하는 의관議官 김효찬의 시에 차운하다 次金議官孝燦恩資賀韻

큰 고을엔 그득히 고풍이 넉넉한데
백성들 환심 얻기론 그대가 제일일세.
세상 따라 습관처럼 관직에 올랐기에
시인이라 자칭하며 관직 쓰지 않았네.*
봄비 내릴 때 종을 시켜 꽃씨 얻어다 심고
시린 밤 샘물로 산승과 차 솜씨를 겨루네.
세상에서 완전한 복 받기란 어려우니
전제가 아닌지 다시 세밀히 보아야 하리.*

大郡泱泱古意寬 惟君最是得民歡 本無宦念聊從俗 自號詩人不署官
課僕乞花春雨潤 留僧鬪茗夜泉寒 世間完福難爲受 合把筌蹄更細看

출전: 『매천집』 권4

해설　『갑진고』에 수록된 시이다. 김효찬이 직급을 받고 지방 수령으로 나가게 되자, 그곳에서의 생활을 상상하며 축하한 것이다.

• **관직 쓰지 않았네**　아무 벼슬 아무개라고 표현하지 않고, 시인 아무개라고 표현했다는 뜻이다.
• **전제筌蹄가 ~ 하리**　일시적으로 찾아든 복이 아닌지 잘 살피라는 의미이다. '전제'筌蹄에서 '전'은 물고기를 잡는 통발이고, '제'는 토끼를 잡는 올가미로, 어떤 목적을 이루기 위해 임시로 사용했다가 버려지는 물건을 말한다. 『장자』「외물」外物에 보인다.

최영년 崔永年, 1856~1935

죽로차 竹露茶

장성군의 죽로산에서 난다. 맛이 담박하고 향기가 맑아 시의 품격에
이바지할 수 있다. 조선에서 생산된 황매향편 이후에 제일품으로 삼는
다.

죽로산인 김건중이여,
몇 군데 차를 주고 시를 찾는가?
맛은 좋고 향기는 산뜻하니
봉주와 용단*이 모두 이만 못하네.

出於長城郡之竹露山 味淡香淸可供詩品 朝鮮所産黃梅香片以後爲第一品

竹露山人金建中 貺茶幾處覓詩筒
味能雋永氣瀟洒 鳳味龍團盡下風

• **봉주**鳳味**와 용단**龍團   중국 북송 때 궁중에 진상하던 용봉차. 김영수의 시 「성재 홍순익
의 집에 모여」의 주 참조(이 책 19쪽).

해설 　전라남도 장성에서 나는 죽로차를 소개한 시이다. 죽로차는 전라남도 강진의 보림사, 구례의 화엄사, 경상남도 김해의 백월산 등지에서 나는 대표적인 한국차이다. 『한국의 차 문화 천년 1』 268～273쪽, 『한국의 차 문화 천년 3』 21쪽 참조.

안종수 安宗洙, 1859~1896

차의 종류와 재배법

차는 잎을 이용하는 나무 가운데 좋은 것이다. 일찍 채취한 것을 차茶
라고 하고, 늦게 채취한 것을 명茗이라고 한다. 차 가운데 아직 잎이
펼쳐지지 않은 것은 채취하여 만차挽茶를 조제하고 점다點茶에 사용한
다. 이미 잎이 펼쳐진 것은 채취하여 달이는 차에 사용한다.

또 우전차雨前茶, 우후차雨後茶라는 이름이 있다. 채취한 시기가 곡
우를 기준으로 나뉘기 때문에 이렇게 이름을 붙인 것이다. 청명 전에
채취한 것이 상등품이다.

일찍 채취할수록 상등품이고 늦어질수록 품질은 떨어진다. 그렇
기 때문에 노명老茗이니 만명晩茗이니 하는 것은 잎이 이미 크게 자란
하등품들이다. 또 수간차水揀茶니 추색차麤色茶니 하는 차가 있다. 수
간차란 우수 무렵에 딴 것이고 추색차는 우수 전에 딴 것이다. 대개 차
의 색이 선명하고 고우며 차 싹이 곱고 가는 것을 상등품으로 치기 때
문에 일찍 채취한 것을 귀하게 친다.

토양의 성질은 지나치게 따뜻하면 향은 매우 좋지만 맛이 좋지 못
하고, 지나치게 차면 맛은 매우 풍부하나 향이 너무 거칠다. 오직 배양
을 세심하고 솜씨 있게 해야 상등품을 얻을 수 있으니, 마구간의 퇴비

와 사람의 분뇨가 제일 좋은 거름이다.

성질은 산의 북쪽과 나무 그늘 등 북풍이 시원히 부는 곳을 좋아하고, 습기가 질퍽한 곳을 가장 꺼린다.

9월 하순에 늙은 차나무에 열린 씨앗 중 껍질이 막 터지려고 하는 것을 채취하여 종자로 삼는다. 껍질을 제거하여 멍석에 싼 다음 습한 땅을 파서 묻는다. 그 위에는 향풀 따위를 베어 덮어 주어, 추위에 얼지 않게 한다. 여기에 때때로 따뜻한 물이나 쌀뜨물 등을 부어 주면 정월 하순 춘분 무렵에 종자가 절로 움이 터 싹이 돋는다. 하지만 옮겨심는 것은 좋아하지 않기 때문에 다음과 같이 해야 한다.

- 옮겨 심을 때에는 붉은 흙, 검은 흙, 모래밭, 자갈밭을 가리지 않아도 된다.
- 깊이 2척, 너비 2척 6촌~2척 7촌가량의 구덩이를 판다.
- 바닥에 기와를 깐다.
- 거름흙 20포, 기름을 짜고 남은 깻묵 8말, 말린 멸치 가루 8말, 쌀겨 8말을 흙과 골고루 섞어 구덩이를 메운다.
- 싹이 튼 씨앗 30알을 간격과 줄을 맞춰 심는다.
- 각 구덩이와 구덩이의 거리는 3척 5촌~3척 6촌으로 한다.
- 약간의 소변과 재를 흙과 섞어 1촌가량 덮는다.
- 그 위에 쌀겨를 3촌가량 덮는다.
- 까마귀와 까치, 꿩과 솔개 등의 조류는 차 씨앗을 좋아하기 때문에 장대를 세워 새그물을 쳐 주어야 한다.
- 때때로 흙이 너무 마르지 않게 쌀뜨물을 주거나, 혹 늘 물을 흘려 준다.
- 모종한 해와 이듬해까지 내버려 둔다.

- 삼 년이 되는 해 이른 봄에 뿌리 주변의 흙을 써레로 갈아 땅이 단단하게 굳지 않게 한다.
- 똥물을 부어 준다.
- 가장 긴 가지는 자른다.

무릇 차는 키가 작고 옆으로 팡팡하게 퍼진 것을 귀하게 친다. 또 가뭄이 든 비옥한 논에 차를 심으면 상등품의 차를 만들 수 있다. 차를 재배하는 자는 부지런히 잡초를 제거하고 뿌리 근방을 깊이 갈아야 한다. 겨울에는 마구간의 퇴비로 두둑이 북돋아 준다. 혹은 사람이나 말의 똥도 좋다. 말라 죽은 잎은 쳐 주고, 거미줄은 걷는다. 겨울에는 뿌리 주변에 거름을 묻는다. 춘분 무렵에 거름을 진하게 배양한 물을 뿌려 주면 색이 곱고 향이 짙으며 맛도 지극히 좋다.

9월 하순에 대나무로 시렁을 만들어 세운 다음, 위에 멍석을 덮어서 서리와 눈을 절대로 맞지 않게 한다. 겨울에 추위를 막지 못하면 상등품의 찻잎을 생산하던 나무도 하등품으로 전락하고 만다.

찻잎을 채취하기 30일 전에 액체 비료를 살짝 뿌린다. 이것을 색부분色附糞(착색을 좋게 하는 비료라는 뜻)이라고 부르는데, 효과는 매우 좋다.

수령이 오래된 차나무는 반드시 상등품의 차를 생산한다. 20~30년 이하의 나무는 오직 한겨울에 숙성시킨 거름을 진하게 제조하여 뿌리 주변을 많이 북돋아 흙을 덮어 주고, 2월 8일 무렵 북돋아 주기를 또 이처럼 하면 차의 맛이 조금 좋아진다.

茶者葉之佳也 早採曰茶 晚採曰茗 茶之採未開葉者 製爲挽茶 用於點茶 採旣開葉者 用於煎茶也 又有兩雨前茶 雨後茶之名 穀雨前後所採之稱也 淸明前採者 爲上品 凡

早採爲上晩愈下 故 老茗晩茗者 其葉大開之下品也 又有水揀茶矗色茶之名 水揀茶
者 雨水時所採也 麁色茶者 卽雨前茶也 盖以色鮮美芽細 小爲上品 而貴早採也 土性
過於溫煖則 香烈太甚而其味不美 過於寒冷則 其味雖厚 香氣甚醜 惟培養精妙 乃得
上品 廐肥人糞 最宜也 性喜山北樹陰 北風爽塏處 而最忌濕氣之湫溢 九月下旬 採老
木實之殼口將開者 而爲種子 去殼而包於藁席 掘濕地而埋之 上覆菰藁之類 使不傷
於寒氣 以溫水或米泔水 時時澆之則 正月下旬春分時 種子自臍生芽 而不喜移植 故
蒔植之不拘赤黑土與砂石地 掘溝深二尺廣二尺六七寸 以瓦敷其底 以肥土二十圃 胡
麻油槽八斗 乾鰯末八斗 米糠八斗 和土以塡之 以茶芽三十餘粒 分排列植 每溝相去
三尺五六寸 以小便灰少許和土 覆一寸許 又覆米糠三寸許 烏鵲雉鳶 性嗜茶子 宜張
羅立竿以禁之 時澆米泔水 或長流水 其年及明年棄置之 第三年早春 耕耙根邊之土
使無凝結 澆以糞汁 截去最長之枝 凡茶樹以丈矮橫擴爲貴 且沃沓之被旱處 植茶則
能作上品 凡養茶者 勤除雜草 深耕根傍 多培廐肥 或人馬糞壤 剔枯葉與蜘蛛絲 冬則
埋肥於根傍 春分時 澆盛養水則 色麗香馥 味亦極佳 九月下旬 以竹木結架 上覆藁席
嚴防霜雪 冬不能覆於寒 則上茶變爲下品 採葉前三十日 薄澆水糞 是謂色附糞 其效
著明 凡古株 必生上茶 二三十年以下之樹 唯冬中多培濃製熟糞於根邊而覆土 二月
八日培之 又如此則 茶味稍佳

출전: 「농정신편」農政新編 권3

해설　이 글은 안종수의 『농정신편』 중에서 차에 관해 서술한 대목인데, 여기서는
임의로 내용을 구분하여 별도로 제목을 달았다. 또 원문에 보이는 일부 오자나 결락
된 글자는 수정·보완하여 번역하였으며, 단락 구분이나 기호 등은 그대로 따랐다.

안종수 安宗洙, 1859~1896

차 제조법

만차* 제조법

증제법蒸製法(쪄서 제조하는 법)과 자제법煮製法(덖어서 제조하는 법) 두 가지 방법이 있는데, 증제법은 새로 난 잎 가운데 지극히 늦게 난 찻잎을 제조하는 방법이고, 자제법은 새로 난 잎 가운데 점점 살이 오른 것을 제조하는 방법이다.

증제법은 다음과 같다.

- 큰 가마에 6푼쯤 물을 붓고 짚으로 가마 입구를 두른다.
- 그 위에 시루를 얹는다.
- 시루 안에 찻잎을 넣는다.
- 강한 불로 가열한다.
- 뜨거운 증기가 위에 가득 차면 찻잎이 모두 시들시들 익어 대젓가락에 붙는다. 이를 기준으로, 지나치지도 모자라지도 않게 한다.
- 이어 찻잎을 대나무 채반에 넌다.
- 식기를 기다린다. 잠시 뒤 센 불을 지피는 건조기에서 건조될 때까지 덖는다(건조기는 두꺼운 종이 두 장을 대바구니에 풀로 붙인 것이다. 화로의 깊이는 1척 8촌이다. 바닥에는 재 3~4촌을 깔고, 숯불 4~5촌을 더한다. 그 위에 짚을 덮어서 태워 불기운을 느슨하게 한다. 화로 위에 대바구니를 편다. 대바구니 위에 건조기를 놓는다.

- **만차挽茶** 가루차, 즉 말차를 뜻한다.

찻잎을 한 겹 건조기에 넣어 말린다).

- 두 갈래로 벌린 대나무 집게로 살짝살짝 뒤집어 주어, 뒤틀리거나 접히지 않게 한다. 대략 습기가 없어지는 것을 기준으로 한다(대나무 집게는 길이 1척 2촌의 대나무를 가져다 반으로 굽혀 6촌짜리 집게로 만든다. 그 앞부분을 새끼로 묶고 끝을 넓게 벌린다).
- 약한 불을 지피는 건조기로 옮긴다(약한 불을 지피는 건조기는 손으로 만져 보아 약간의 열기가 느껴지는 정도이다. 센 불을 지피는 건조기는 손으로 만졌을 때 조금만 오래되면 뜨거워 견디지 못하는 정도이다).
- 또 집게로 뒤집다가 조금도 온기가 없는 때가 되면 성근 체에 받쳐 놓는다.
- 가장 가는 것을 가려 정하여 상등품으로 친다. 10전쭝에 1포대이다.
- 그다음부터는 각각 차등이 있다.

자제법은 다음과 같다.
- 대바구니로 찻잎 반쯤을 담아 끓는 가마솥에 넣는다. 젓가락으로 잎을 휘저어 보아 또한 달라붙는 것을 기준으로 한다.
- 맑은 물에 옮겨 담아 식힌다.
- 조금 말린 후, 센 불과 약한 불의 건조기에 덖어 말린다(덖어 말리는 방법은 증제법과 같다).
- 다만 증제법에는 나쁜 잎을 제거하는 과정이 있다. 찻잎이 너무 크면 종종 쓰거나 떫은 경우가 많다. 이때에는 석회즙石灰汁(석회를 거른 물)을 뜨거운 물에 조금 타서 쓰고 떫은맛을 제거한다. 또 향기가 좋지 않은 경우가 있다. 이때에는 올벼의 볏짚을 태운 재를 걸러 만든

잿물을 타서 제거한다. 또 색이 나쁜 경우가 있다. 이때에는 굴 껍질을 태워 갈아 재를 만들고, 이 재를 걸러 잿물을 만들어 이것을 타서 제거한다. 이렇게 하면 푸른빛이 문득 감돈다. 일반적으로 차를 제조할 때에 탕이 지극히 뜨겁지 않으면 색이 나쁘고 맛도 좋지 않다.

茶製法 ○ 挽茶製法 有蒸製煮製二法 蒸製 製其新葉極穉者 煮製 製其新葉漸肥者也 蒸製法 注水於大釜六分許 以藁環於釜口 置甑於其上 納茶葉於甑中 蒸以猛火熱湯之氣 遍上則茶葉 皆萎以粘着於箸爲度 勿令過不及 乃攤移茶葉於竹簀 冷定後 少頃 乾焙於武火烘箱 (烘箱 以厚紙二枚糊合於箱者也 爐深一尺八寸 底布灰三四寸 加炭火四五寸 覆藁而燒以緩炎氣 布竹簀於爐上 置烘箱於簀 而茶葉攤布一重於烘箱中) 以兩岐竹筬 (竹筬長一尺二寸 屈其半爲六寸 以繩編其末 稍使廣開) 輕輕攪回 使無攪析 略無濕氣爲限 移於文火烘箱 (文火烘箱 以手按摩 覺有微熱火 武火烘箱 手摩稍久 不堪其熱者) 又以箆子攪回 至於少無溫氣 則以踈篩篩下 定其甲乙最細者爲上品 十錢重爲一袋 其次亦各有差 煮製法 以竹蘿盛茶葉半量 入於熱湯釜中 以箸攪葉 亦 以粘着爲度 移於淸水而冷之 少乾後 焙乾於文武火烘箱 (焙乾同蒸製) 但蒸製 有除癖法 其葉過大 則種種有癖若味苦味溢者 少和石灰汁於熱湯 又香氣有癖者 和早稻藁灰汁 又色惡者 和牡蠣殻灰汁 則靑色忽生 凡製茶之湯 非極熱 則色醜而味亦不佳

전다제법 煎茶製法(달여서 만드는 제다법)
상등품의 잎과 하등품의 잎을 나누기를 자제법과 똑같이 한다. 맑은 물에 식힌 다음 골풀로 짠 자리 위에 넓게 널어 볕에 말린다. 습기가 거의 제거되면 화덕에서 센 불로 덖는다. 체를 쳐서 거친 가루를 제거한다. 이것이 가장 상등품의 전다이다.

중등품과 하등품의 전다는 뜨겁게 끓인 잿물에 덖어 화롯불을 피운 자
리에다 넣어 말린다. 저울에 달아 각각 60전씩 종이포대에 넣고 봉한다.

○ 煎茶製法 分上葉下葉 如煮製法而冷之於淸水 攤布於蘭席 乾之於太陽 濕氣盡祛
則焙乾於武火烘箱 篩去麄末 是爲上煎茶 又其中下品 則煮於灰汁熱湯 攤乾於爐筵
每六十錢封八一紙俗也

당차제법唐茶製法(중국차 만드는 법)

만차 제조법과 같다. 다만 다조茶竈의 모양을 앞은 낮고 뒤쪽은 높게
만든다. 여기에 평평한 냄비를 앉혀 놓고 약한 불로 가열한다. 생찻잎
을 냄비 속에 넣고 덖는다. 손으로 찻잎을 휘저어 보아 야들야들하게
무를 때까지 덖는다. 숨이 죽어 야들야들해지면 왕골자리로 옮겨 잎이
부서지지 않도록 살살 주물러 준다. 이것을 다시 냄비에 넣는다. 이 작
업을 7~8회 반복한다. 만약 이 작업 도중에 찻잎이 말라 부서진다면
4~5차례만 하고 그쳐도 무방하다. 이 제조법은 약한 불로 여러 차례
반복해서 덖는 기미로 인해 마침내 상등품이 된다.
또 덖어서 차를 만들면 흉년에 구황식물 역할을 한다.

○ 唐茶製法 與挽茶製法無異 而但竈樣前卑後高 安置平鍋 以文火爇之 入生茶葉於
鍋中 以焙之 以手攬回葉 萎而軟弱爲度 移於莞席 使葉不碎 徐徐柔之 又入於鍋 如
是七八度 旣乾而粉碎 則止於四五度 亦無妨 此因文火屢焙之氣味 遂作上品也 且煮
爲茶凶荒救飢者也

출전: 「농정신편」 권3

안종수 安宗洙, 1859~1896
찻잎의 특징과 채취법

고산준령 궁벽한 산골짝의 지극히 높은 곳이 차를 재배하기에 가장 좋은 장소이다. 차나무의 속성은 안개와 이슬에 감화를 받기 때문에 산이 깊으면 깊을수록 차맛은 더욱 진하다. 또 차나무를 심은 땅의 성질이 두터울수록 차나무는 더욱 무성하며 찻잎은 더더욱 두껍고 크다.

차는 야생에서 천연히 자란 것을 극품極品이라고 한다. 그래서 고산준령에서 자라 쉽게 채집할 수 없는 것을 암다종巖茶種이라고 한다.

찻잎은 반드시 새벽에 이슬이 젖어 있을 때에 따야 한다. 함초롬히 안개와 이슬의 기운을 담뿍 머금고 지맥이 위로 솟구쳐 오를 때를 만나면 찻잎의 정화가 충만하고 흘러넘친다. 이 때문에 맛이 짙고 향이 강렬하다.

찻잎은 반드시 반은 말려 있고 반은 펴져 있을 때를 살펴 따야 한다. 이것이 바로 일기일창이다. 잎의 뒷면은 아직도 하얀 솜털이 보송보송 남아 있고, 속잎의 색은 비취옥빛을 띠는 것이 가장 좋다. 반은 말려 있고 반은 펴져 있는 찻잎을 따는 것은 사람으로 비유하자면 혈기가 가장 왕성한 청소년일 때 따는 것과 같다.

찻잎은 세 차례 싹을 틔운다. 맨 처음은 곡우 때이고, 두 번째는 매실이 누렇게 익을 무렵이고, 세 번째는 벼꽃이 필 때이다. 다만 첫 찻잎을 딸 때 절대로 과도하게 따서는 안 된다. 두 번째 싹 틔우는 것을 방해할 수 있기 때문이다. 두 번째 찻잎을 딸 때도 마찬가지이다.

高山大嶺窮谷中至高處 最宜植茶 茶之爲物 感於霧露愈深 則其味愈濃 所植之地性愈厚 則茶樹愈壯 其葉㢱厚且大

茶以天然生謂之極品 在於高山危嶺不可容易採者 是名巖茶種

茶葉宜乘早曉露而採之 含霧露氤氳之氣 當地脉上騰之時 其葉精華充溢 故味濃而香烈

茶葉㢱視其半捲半舒 卽一旗一槍 葉背猶有白毫葉 內色如翠玉者最佳 採其半捲半舒者 比如少壯人血氣正盛也

茶葉三次發芽 初次穀雨 二次黃梅時 三次稻花候 但初採不可過度 恐妨第二次之發生 再次亦倣之

출전: 「농정신편」 권3

안종수 安宗洙, 1859~1896

녹차 제조법

쇠로 만든 가마솥에 약하게 불을 지핀다. 찻잎을 넓게 펴고는 손을 잠시도 쉬지 않고 부지런히 휘저어 덖어서 야들야들하게 숨을 죽인다. 손에 잡히는 대로 비비다가 대략 하나의 덩이로 만들어지면 별도의 가마솥에 옮겨 덖되, 별도의 가마솥 역시 약간 따뜻한 정도에 지나지 않아야 한다. 덩이가 된 찻잎을 손으로 흔들어 편 다음 다시 비벼 준다. 찻잎마다 모두 동그랗게 잘 말리면 다시 앞에서 말한 별도의 가마에 옮겨 덖는다. 손에 잡히는 대로 비비되 찻잎이 모두 마를 때까지를 기준으로 한다. 이것을 모다毛茶(발효 가공하지 않은 차)라고 한다.

큰 체에서 작은 체까지 12개의 대나무 체를 가지고 차를 친다. 1호의 체를 가지고 칠 때는 가지와 줄기를 걸러 낸다. 2호의 체를 가지고 앞에서 친 것을 다시 쳐 걸러 낸다. 치고 남은 차는 처음 체쳐 놓은 그릇에 넣어 담는다. 이것을 두사모다頭篩毛茶라고 한다. 3호 체 이하 모두 차례대로 체를 바꾸어 친다. 12개의 등급으로 나뉘면, 등급별로 풍차에 넣어 부채질한 뒤 최대한 신중하게 가려서 가마솥에 넣고 덖는다. 처음 덖는 작업을 마광磨光이라 하고, 두 번 덖는 작업을 작색作色이라 하고, 세 번 덖는 작업을 복화覆火라고 한다. 색깔이 차이가 없이 고르게 되면 포장하여 내다 판다.

製綠茶法 文火鐵鑊 放在茶葉 暫不住手而炒軟之 隨抄隨搓 略成一團塊 利於別鑊 別鑊亦不過微熱 其已成團塊之葉 以手抖開而又搓之 至於葉葉捲結 再利前鑊 隨抄隨

搓 以其葉盡乾爲度　是謂毛茶　以大小竹篩十二箇　初次篩過其枝幹　次以二號篩篩過

其篩　而所遺之茶則放入於頭篩之器　是謂頭篩毛茶　三號篩以下　皆以次遞推之　旣分

十二等　每等放入風車而扇過後　十分掄擇　入鑊而炒之　初炒曰磨光　再炒曰作色　三炒

曰覆火　其色無參差　則告成裝箱而出售

출전: 「농정신편」 권3

아이가 지은 시의 운을 따서用兒輩韻

못난 이 몸은 물정에 어두우니

그 누가 이 집을 찾아올까나.

외로운 등불 아래 술 취해 자다 깨어

작은 초가에서 차 달이니 연기 막 오르네.

늙은 얼굴을 붉게 만들 술은 없고

병에는 차가 없어 사마상여司馬相如에게 구걸하네.*

동해에서 낚시하는 임공자任公子에게 부탁하노니*

가을바람 불거든 나를 위해 고래회를 떠 주오.

閒蹤自與世情疎 更有何人問索居 孤燈夢覺酒醒後 小屋煙生茶沸初

衰乏丹砂調姹女 病無玉露乞相如 寄語任公東海釣 秋風爲我膾鯨魚

---

* **병에는 ~ 구걸하네**　사마상여司馬相如는 중국 한漢나라 때의 유명한 문장가인데, 소갈증을 앓아 늘 차를 마셨다. 여기서는 사람들에게 차를 구한다는 의미로 이해된다.

* **동해에서 ~ 부탁하노니**　『장자』「외물」外物에 나오는 이야기이다. 임공자任公子라는 사람이 50필의 거세한 소를 미끼로 매달아 회계산會稽山에 걸터앉아서 동해 바다로 낚싯줄을 던졌는데, 1년 뒤에 큰 고기를 낚아 이를 건육乾肉으로 만든 뒤 사람들을 질리도록 먹여 주었다.

해설　물정에 어두운 자신을 사마상여에게 차를 구걸하고, 임공자가 고래회를 떠주기 바라는 사람에 빗대어 해학적으로 읊은 것으로 보인다.

장지연 張志淵, 1864~1921

차나무[1] 茶樹

[성상] 차나무는 상록관목이지만 원산지에서는 가끔 교목으로 자라기도 하여 큰 것은 둘레가 두 아름이나 되는 것도 있다고 한다. 뿌리로 겨울을 나며 수백 년 된 노거수老巨樹도 있다. 흰색 꽃이 떨어지고 나면 둥글고 딱딱한 열매를 맺는다. 열매는 세 개의 방으로 나뉘며 그 속에 씨가 하나씩 들어 있다. 차나무는 본래 목재로 쓰는 나무는 아니며 꽃을 소금과 설탕에 절여 식용하는 이가 있지만 널리 쓰이는 부위는 잎과 줄기뿐이다.

[품종] 재배하는 차는 잎이 크고 작거나 길고 짧거나 얇고 두꺼운 것에 따라 품종을 나눈다. 같은 차밭에서도 여러가지 차 품종이 있다. 고로皐蘆라고 하는 차나무는 간혹 산야에 자생하는 것도 볼 수 있는데, 나무도 실하고 잎도 무성하지만 맛이 써서 녹차로 가공하기는 어렵다. 주목할 만한 것은 중국종과 인도종 두 종이다. 일본종은 중국종에 속한다. 중국종은 녹차를 만들기에 적당하며 인도종은 홍차를 만들기에 적당하다. 일본종 고로는 인도종과 같으므로 이것을 개량하면 홍차를 제조하기에 적당하다는 사람도 있다. 좋은 차를 만들기 위해 인도종이나 싹이 붉은 중국종을 널리 재배한다.

[풍토] 차의 원산지는 중국의 남부에서 인도 북부이다. 야생 차나무가 따뜻한 곳에서만 자라는 점을 감안해 보면 난온대 지방이 최적지이므로 우리나라의 남쪽 삼도三道가 적당하다. 서북도에서 재배할 때는 겨울에 특별한 보호를 하지 않으면 가끔 한기寒氣로 말라 죽을 수 있다. 차나무는 토질을 별로 가리지 않고 잘 자라는데 해안의 거친 땅이나 점토에서도 자생하는 것을 가끔 볼 수 있다. 최적지는 물이 잘 빠지는 건조한 땅이다. 비옥한 땅에서는 나무는 무성해지지만 좋은 품질의 차를 생산하기 어려우니, 점토보다는 척토가 훨씬 낫다. 그리고 산비탈의 경사진 곳으로 하천을 끼고 배수가 잘 되는 곳이나, 혹은 큰 강의 양쪽 언덕 높고 건조한 땅이 가장 좋다.

[재배] 차 재배법은 두 가지로 구분된다. 첫째는 국내 수요에 맞출 목적으로 재배하는 것인데, 상등의 전차煎茶와 옥로급玉露級 말차를 제조하는 원료가 된다. 두 번째는 보통 사용하는 것 가운데 특별히 선별하는데, 외국에 수출하는 차의 원료가 된다.

차밭을 새로 일구려면 먼저 땅을 2자 정도 깊이로 갈아엎고 일주일 정도 그대로 두어 공기에 노출시킨다. 그다음 흙을 평탄하게 고른 뒤 모든 준비가 끝나면 씨를 심는다.

차는 전적으로 종자를 잘 가리는 데 달려 있다. 그러므로 정선하여 완전히 익은 것을 골라야 한다. 암갈색으로 표면에 상처가 없고 충실하며 치밀해야 한다. 또 되도록 무거운 것이 좋은 종자이다. 정선하려면 보통 수선법水選法을 쓰는데 차씨를 물에 넣어 뜨는 것은 버리고 가라앉는 것을 골라 파종한다.

씨를 심는 방법은 세 가지가 있다. 원형 심기와 포기 심기, 줄심기가 그것이다. 원형 심기는 가장 널리 쓰이는 방법으로 폭 3~5자 정도의 이랑에 지름 1자의 동그라미를 그리고 가장자리에 10알 정도의 씨를 심는다. 포기 심기는 원형 심기와 비슷하나 같은 거리만큼 바둑판 모양으로 금을 긋고 교차점마다 한 알씩 심는다. 또 줄심기는 폭 3~4자 정도의 이랑을 직선으로 만들고 1줄로 씨를 심는다.

심는 시기는 봄과 가을 모두 가능하다. 따뜻한 지방에서는 가을에 심는데 종자에서 뿌리가 자라 겨울을 나고 이듬해 봄 싹이 터 줄기가 무성해진다. 눈이 많이 내리는 지방에서는 봄에 심는 것이 안전하다. 먼저 씨를 3~4일간 물에 충분히 불려 싹을 틔운 후에 심는다. 1치 깊이로 씨를 묻고 흙을 덮은 뒤 평탄하게 고른다. 그 위에 짚을 덮고 대쪽 말뚝을 박아 줄로 고정시킨다. 폭우로 흙이 쓸려 나가면 씨가 노출되는데 이를 방지하기 위해서이다.

파종 후에 거름을 주어야 한다는 사람도 있고 주지 않아도 된다는 사람도 있다. 척박한 땅이라면 각각의 나무마다 쇠똥, 깻묵, 거름흙을 섞어 표면에 흩어 뿌리는 것이 보통이다. 파종한 그해에는 비료를 주지 않아도 되지만, 다만 3~4회 정도 김매기를 겸하여 땅을 얕게 갈아 준다.

가뭄이 염려될 때는 묘목 사이의 풀을 제거하지 않는 것이 좋다. 그 후 1~2년간은 보리, 밭벼 등을 사이짓기하여 비료를 충분히 주고 김매기를 잘하면, 나중에 차나무의 성장에도 크게 이익이 된다.

대개 사이짓기는 첫해에 세 줄을 하면, 다음 해에는 두 줄, 3년째에는 한 줄만 하고, 4년째부터는 사이짓기를 완전히 그만두어야 한다. 첫해에 특별히 대비해야 할 일은 방한이다. 차밭 가장자리에 이대, 삼나무, 소나무 등을 심어 방풍림으로 조성하거나 짚으로 나무를 묶어 서리 피해를 막아 줄 필요가 있다.

차나무는 한발과 다습 양쪽을 크게 싫어한다. 따라서 배수로를 정비하여 고인 물을 빼내는 것이 가장 중요한 일이거니와, 여름에는 왕왕 지나치게 건조해질 우려가 있으므로 뿌리 주위에 짚이나 나뭇가지를 깔아 습기를 유지시켜 주는 것이 좋다.

비료는 가축의 분뇨나 짚, 풀 등을 썩힌 퇴비가 가장 좋으니 나무를 잘 자라게 한다. 찻잎을 수확한 후 나무의 생장력이 떨어졌을 때 회복시키려면 가축 분비물, 깻묵 등의 거름을 준다. 심은 첫해에서 2년까지는 거름을 주지 않아도 되지만 만약 비료를 줄 필요가 있으면 이른 봄에 소량의 인분을 주는 것이 좋다. 3년째에는 잎이 나는 양에 따라 주는데, 가축 분뇨 50부대나 무게 400냥짜리 깻묵 50~100덩어리를 3~4회에 나누어 준다.

첫 번째는 겨울에 거름을 주고 두 번째는 처음 햇차를 땄을 때나 두 번째 찻잎을 수확한 후에 준다. 세 번째 거름은 여름에 흙에 주는데 소서 후 13일째부터 입추 사이에 주거나, 이른 봄 싹이 틀 때 찻잎의 발색을 위해 소량을 준다. 김매기는 처음 2~3년간 간간히 하는데, 다만 차나무의 뿌리에 돋아난 잡초를 제거하는 데 주의하면 된다. 4년이 되면 점차 잎을 수확하여 밭두둑을 단단하게 밟고, 사이짓기를 그만두기 때문에 잎을 딴 뒤에 김매기를 해 둔다.

이상은 보통 국내 수요용과 외국 수출용 차의 재배법이다. 저 유명한 산성우치山城宇治＊를 비롯한 기타 말차, 옥로 등을 생산하는 상등 다원에서는 비료를 주고 김매는 방법이 몇 배나 자세하고 치밀하기 그지없다. 비료는 인분 등을 주로 쓰고 쌀겨를 분뇨 등에 섞어 걸러 낸 물을

＊ 산성우치山城宇治 일본의 교토京都 남부 야마시로山城 지역의 우지宇治 시를 가리킨다. 800년 전통의 차의 고향으로 유명한 곳이다.

액체 비료라 하여 널리 쓰고 있다.

대체로 찻잎을 수확한 후 가을에 생장을 멈춘 후나 이른 봄 싹틀 때 거름을 준다. 특히 이른 봄에 주는 거름은 수확과 깊은 관계가 있다. 비료가 충분하지 않으면 감미가 있는 액즙이 많이 생기지 못한다. 경험으로 보면 인분이나 쌀겨가 아니면 좋은 품질의 차를 생산할 수 없다. 깻묵이나 어분 등은 다소 효과가 없는 것은 아니지만 기타 비료는 유해한 경우도 있다.

또 나무가 어리고 늙은 것이 크게 관계가 있는데 비료를 많이 주더라도 어린 나무의 잎은 쓴맛이 많고 단맛이 적어 가품佳品을 제조하기에 적합하지 않다. 사양토에서는 빨리 단맛이 들고 점토에서는 늦게 나타나는 등 토질에 따라 약간씩 차이가 있으나, 10여 년 이상 자란 나무가 아니면 옥로차를 제조할 수 없다.

또 좋은 말차를 만들기 위해서는 차양을 쳐서 햇빛이 새싹에 비치는 양을 조절한다. 이처럼 빛가림으로 생산한 차를 하작차下作茶라 하며, 이러한 방식으로 차를 생산하는 다원을 복하원覆下園이라 한다. 이른 봄 새싹이 나오기 시작하여 7~8분 정도 피어났을 때 먼저 거적을 얹을 다리〔架〕를 설치하여 햇빛이 엷게 들도록 한다. 7~8일이 지난 후 선반 다리 위에 짚을 엮은 거적을 덮어 광선을 약하게 하면 어린 싹이 드러누운 듯 연약하게 되어 여러 가지 차로 가공하기에 좋다. 다만 거적의 두께와 덮어 두는 기간이 매우 중요하니, 찻잎의 색이 짙거나 엷은 정도를 알맞게 하기 위해서는 많은 경험과 숙련이 필요하다.

잎을 따는 시기는 차 제조의 득실이나 차나무의 생장에 영향이 크기 때문에 주의해야 한다. 파종 후 4년째부터 찻잎을 수확한다. 4~5월경 새로 돋아난 싹이 완전히 펴지기 전 아래쪽 한 잎을 남기고 그 위쪽

3엽 또는 4엽을 딴다. 이것을 삼엽괘三葉掛 또는 사엽괘四葉掛라 한다. 삼엽괘는 가품을 만들 때 쓰고, 중하등품 차는 4엽이나 5엽으로 제조한다.

싹을 딸 때는 손톱을 이용한다. 함부로 꺾어서는 안 되고 앞으로 자랄 어린 것은 남기고 웃자란 것만 골라 따서 잎이 크고 작은 것을 가지런하게 해 준다. 수확하는 시기는 지방에 따라 달라서 다소 차이가 있다. 대체로 5월 중에 수확을 하는데 최초 잎 따기에서부터 15일이 1차 수확기로 이때는 수확량도 적고 기간도 짧다. 20일이 지난 후에 제2차 수확을 한다. 찻잎 수확은 지금까지 2회 정도 해 왔으나 최근에는 외국 수출이 늘어나면서 3차나 4차 수확하는 사람도 있다. 그러나 따지고 보면 오히려 손해는 많고 이익은 적다고 본다.

차나무는 1년에 한 번꼴로 전지를 한다. 전지를 하지 않으면 생장이 점차 쇠퇴할 우려가 있다. 그리고 10년마다 한 번씩 나무의 세력을 왕성하게 하기 위해 굵은 뿌리를 잘라 줄 필요가 있다.

이렇게 하면 나무가 일시적으로 쇠약해질 수 있지만 원래대로 회복시키는 데 2~3년이면 충분하므로 장기적으로 보면 세력이 좋아지고 수명도 길어져 경제성이 높다. 뿌리 전지는 10년에 1회꼴로 실시하면 알맞다. 시기는 10월 중순부터 이듬해 2월 사이에 하는 것이 일반적인데, 대개 1년에 한 번 잎을 따는 곳에서는 찻잎을 거둔 후 바로 시행한다. 전지를 하기 전에 먼저 차나무마다 새 가지와 늙은 가지, 강한 가지와 약한 가지, 병의 유무를 점검하여, 늙거나 병든 가지를 가려서 잘라낸다. 또 웃자란 가지를 잘라 나무 모양을 잡아 주고, 아래쪽 가지를 잘 살펴서 전지를 하여 볕과 바람이 잘 통하도록 해야 한다. 전지할 곳과 차나무의 모양도 고려하여 통상 반원형이 되게 한다. 그 높이가 찻잎을 딸 때 작업이 편하도록 해야 하니, 지상으로부터 나무 꼭대기까지의 높이는 2~3자가 알맞다.

[충해] 차나무의 해충은 대체로 도롱이벌레와 바구미가 많다. 도롱이벌레를 제거하는 데는 7월 초순 수컷이 우화羽化할 때를 기다려 야간에 불을 밝혀 유살誘殺한다. 가지에 붙은 벌레집은 전지가위로 잘라내 불에 태운다. 바구미는 알에서 깨어나 한곳에서 군집을 이루는데, 봄철에 다원을 돌아보다가 차나무 잎이 말라 죽은 것이 있으면 자세히 살펴보아야 한다. 이 해충은 애벌레가 군집하면서 잎을 갉아먹는데 피해를 입은 나무 주변을 잘 살펴보면 반드시 거처를 찾을 수 있다. 그 거처를 찾으면 한군데 모아서 불에 태운다. 만약 기회를 놓칠 경우 하루아침에 번져 나가 다원 전체를 소진하지 않으면 방제할 수 없는 지경에 이른다. 또 바구미는 비 올 때 석탄유를 소량 물에 타 이슬처럼 뿌려 모두 죽일 수 있다.

끝으로 제다법은 제3편 농산 제조 편에서 상세히 적어 두었으므로, 여기서는 생략한다.

[性狀] 茶은 常히 綠樹로 灌木의 狀態를 作ᄒ나 其自然희 生ᄒ는者는 往往喬木를 成ᄒ야 最大者는 二圍以上도 有ᄒ다云ᄒ니라. 宿根多生에 數百年를 經ᄒ老樹가有ᄒ다云ᄒ는딕 其花는 白色으로 凋落ᄒ後에 圓形에 堅實를 結ᄒ고 實은 三角形를 作ᄒ야 每角에 一核式包有ᄒ니라. 茶는 本來 用材의 樹은 아니고 其花는 鹽漬砂糖漬에 和ᄒ야 食用에 供ᄒ며 專히 用ᄒ는者는 葉과莖 쑨이라.

[品種] 栽培ᄒ는 茶에 其葉이 大小長短厚薄의 別이 有ᄒ야 一園中에 雜種의 茶品이 有ᄒ니라. 更히 皐蘆라 稱ᄒ는 茶ㅣ 有ᄒ야 間間히 山野에 自生ᄒ는딕 葉肥樹大ᄒ나 苦味를 帶ᄒ야 綠茶를 製ᄒ기難ᄒᄂ니라. 海外에 注目홀만ᄒ者는 卽淸國種印度種의

二品이 有ᄒᆞ니 日本茶은 淸國種에 屬ᄒᆞ며 淸國種은 綠茶를 制ᄒᆞ기 適當ᄒᆞ며 印度種은 紅茶를 製ᄒᆞ기 適當ᄒᆞ니라. 日本皐蘆ᄂᆞᆫ 元來 印度種과 相等ᄒᆞᄆᆞ로 此를 改良ᄒᆞ면 紅茶를 製造ᄒᆞᄂᆞᆫᄃᆡ 適當ᄒᆞ다云ᄒᆞᄂᆞᆫ者 有ᄒᆞ더라. 案하건ᄃᆡ 印度種에셔도 亦淸國種을 栽ᄒᆞ미라.

[風土] 茶의 原産地ᄂᆞᆫ 淸國의 南部及印度의北部인ᄃᆡ 野生茶은 暖地에 多生ᄒᆞᄂᆞᆫ故로 此를 思想ᄒᆞ건ᄃᆡ 其最適地ᄂᆞᆫ 半熱地와 及溫帶地方이 되ᄂᆞᆫ 것과 如ᄒᆞ니 我邦南三道가 適當ᄒᆞᆫ 地方이요 西北道ᄂᆞᆫ 栽培함을 得ᄒᆞ나 寒中時 別ᄒᆞᆫ 保護를 施치못ᄒᆞ면 往往寒氣로 以ᄒᆞ야 枯死ᄒᆞᆯ慮가 有ᄒᆞ니라.

茶ᄂᆞᆫ 土質를 不擇ᄒᆞ고 能生長ᄒᆞ야 海岸의 砂土로 自ᄒᆞ야 壚土와 强粘土에 至ᄒᆞ기ᄭᅡ지 往往히 茶樹가 繁盛ᄒᆞ나 然이나 其最適土ᄂᆞᆫ 水가 能히 疏通ᄒᆞ야 乾燥ᄒᆞᆯ處이며 沃土에ᄂᆞᆫ 植物의 狀態ᄂᆞᆫ 茂盛ᄒᆞ나 佳良의 品을 製ᄒᆞ기難ᄒᆞ고 惟佳良品은 粘壤보담 瘠土가 尤勝ᄒᆞ니라. 其他形은 山麓의 傾斜地로 河를 帶ᄒᆞ고 排水의 道가 宜ᄒᆞᆫ地든지 或은 大河의 兩岸의 高燥ᄒᆞᆫ地가 最可ᄒᆞ니라.

[栽培] 茶의 栽培法은 二種에 分ᄒᆞ야 一은 內國需用에 當ᄒᆞᄂᆞᆫ 目的이라ᄒᆞ야 上等의 煎茶와 玉露及末茶를 製ᄒᆞᄂᆞᆫ 元料가 되고 一은 普通需用品에 特이 外國輸出ᄒᆞᆯ만ᄒᆞᆫ 貿易茶의 元料가 되ᄂᆞᆫ니라. 茶園을 新開ᄒᆞᄂᆞᆫᄃᆡᄂᆞᆫ 爲先其土地를 二尺을 掘ᄒᆞ야 其土를 此周圍에 積置ᄒᆞ고 凡一週間 空氣의 暴露ᄒᆞ야 다시 本來와 如ᄒᆞ게 其土를 本堀處에 布置ᄒᆞ야 均耕ᄒᆞ야 準備가 全了ᄒᆞᆫ後에 播種ᄒᆞᄂᆞ니 茶ᄂᆞᆫ 全히 種子를 ○擇하ᄂᆞᆫᄃᆡ在ᄒᆞᆫ故로 其種子ᄂᆞᆫ 特이 精選할지니 種子가 十分이나 成熟ᄒᆞ야 表皮에 皺紋이 無ᄒᆞ고 毀傷이 無ᄒᆞ며 最히 充實ᄒᆞ고 質이 緻密ᄒᆞ고 量이 重ᄒᆞᆫ者를 選ᄒᆞ야 此를 精佳라 ᄒᆞᆯ지니 此를 精選ᄒᆞ랴면 通常水選法를 用ᄒᆞᆯ지니 其法은 茶種을 水에 投ᄒᆞ야 重ᄒᆞ게 沈ᄒᆞᄂᆞᆫ者를 擇取ᄒᆞ며 輕浮ᄒᆞᆫ者ᄂᆞᆫ 撒除ᄒᆞ고 精選ᄒᆞᆫ 種子로 播下ᄒᆞᆯ지라. 播下ᄒᆞᄂᆞᆫᄃᆡ 三法이 有ᄒᆞ니 輪蒔와 株蒔와 條蒔가 是也라 輪蒔ᄂᆞᆫ 最廣行ᄒᆞᄂᆞᆫ 法이니 三尺乃至五尺의 田畦에 各三四尺을 距離ᄒᆞ야 直徑一尺의 圓周를 劃ᄒᆞ고 其周邊으로 數十粒의 實를 蒔ᄒᆞ며고 株蒔은 輪

蒔와 相同ㅎ나 其周圍의 邊線을 代ㅎ야 同距離의 碁局의 形을 作ㅎ야 播種ㅎᄂ法이며 條蒔ᄂ 幅三四尺의 田畦에 直線을 切ㅎ야 一字로 種子를 蒔ㅎ나니라.

播種의 期ᄂ 春秋兩季가 各各可ㅎ니 秋播ᄂ 暖地에 常植ㅎ야 種子가 冬季間에 根을 成ㅎ야 翌春에 發芽ㅎ기를 旺盛ㅎ게 홀지라. 然이나 深雪의 地方에ᄂ 春蒔가 要ㅎ니 爲先三四日間을 水에 浸ㅎ야 其發生을 速助ㅎ後에 播種ㅎ고 土를 覆ㅎ기 凡一寸씀ㅎ야 輕輕히 鎭覆ㅎ고 其上에 藁草를 掩ㅎ고 竹木片으로 定着ㅎ야 暴雨에 種粒이 露出홈를 防ㅎ지라. 播種時에ᄂ 肥料(거름)를 用ㅎ미可ㅎ다ᄂ者 有ㅎ며 不用ㅎᄂ者도 有ㅎ나 大抵瘠土에ᄂ 一株에 付ㅎ야 熟糞 油粕 塵芥 凡一握를 表面의 土와 混合ㅎ야 此를 施홈을 通常이라ㅎᄂ니라.

播種에 當年에ᄂ 다시 肥料를 施치아니코 但三四回 杷耘ㅎ며 또 旱害의 憂ㅣ 有ㅎ면 幼 樹의 間에 草를 除ㅎ지아니홈도 可ㅎ니라. 其後 一兩年間은 麥 陸稻 等을 間作ㅎ야 此에 肥料를 施ㅎ기를 十分이나ㅎ고 耕耘를 善行홀진ᄃᆡ 他日 茶의 生長上에도 大利益이 有홀지라. 盖間作은 初年에ᄂ 三條면 次年에ᄂ 二條가 되고 三年에ᄂ 一條가 되게 홀거시며 四年에ᄂ 間作은 全히 廢止홀지라. 初年에 特別히 準備를 要홈은 防塞의 事니 樹의 周圍에 笹 杉 松 等를 種樹ㅎ고 或은 藁로 其上을 覆被홈을 必要라云ㅎ나니라. 茶ᄂ 또 旱魃과 多濕의 兩端을 大忌ㅎᄂ者인 故로 停滯水의 排通ㅎ게ㅎ믄 第一要務어니와 夏時에ᄂ 往往乾燥가 太過홀 慮가 有ㅎ고로 根底周圍에ᄂ 藁와 小枝等을 覆ㅎ야 適宜의 濕氣를 保有홀지라.

肥料ᄂ 堆糞藁草等을 恰好肥料라ㅎ야 樹木을 養ㅎᄂᄃᆡ 供ㅎ며 摘葉ㅎ後에 勢力이 減홈을 恢復ㅎ랴ㅎ야 人糞滓屬 油粕 等을 施홀지니 其法은 初年及二年에ᄂ 此를 不用ㅎ여도 無妨ㅎ며 若用홈을 要홀지ᄃᆡ 初春에 小量의 人糞을 施ㅎ미可ㅎ다홀지라. 三年에 至ㅎ야 收葉의 多小에 始應헐지니 一反 ○○○에 付ㅎ야 人糞凡五十負와 或油粕五十塊 乃至百塊(一塊四百兩重可量)를 三次或四次에 分ㅎ야 施헐지니 第一番은 寒中과 第二番은 初次摘葉ㅎ後요 第三番은 夏土用(卽小暑後十三日로至立秋에싯지)에 施ㅎ

며 或은 早春에 發芽홀時에 發色ᄒ다ᄒ야 小量의 人糞를 施흠이 有ᄒ니라. 耕耘은 初二三年間 間作ᄒᄂ故로 但茶의 根際에 雜草을 除去ᄒᄂ듸 注意홀 쑨이요 四年에 至ᄒ면 漸次 收葉ᄒ야 畦間을 踏固ᄒ고 間作을 廢홀故로 摘葉홀後 耕耘ᄒ야 置ᄒ미라.

以上은 普通의 內國用 或은 外國輸出 製茶의 栽培法이오 彼有名홀 山城宇治 其他에 末茶玉露等의 上等의 茶園은 肥培耘耡의 法이 更히 數層이나 精細微密홈을 極力ᄒ얏더라. 肥料은 專히 人糞等을 用ᄒ고 米糠도 ᄯᅩ한 糞尿等에 和ᄒ야 液体肥料라ᄒ야 此를 施함을 通常이라 ᄒᄂ이라. 大抵收葉後 秋時生長이 不能홀後와 及早春發芽홀時에 分施홀거시며 特이 早春의 肥料를 施홈은 關係가 甚多ᄒ야 肥料의 用量이 十分饒足지 아니ᄒ면 彼可愛홀만홀 茶의 甘味가 有홀 液汁을 多生ᄒ미 無ᄒ며 且經驗을 久依할진듸 人糞及米糠이 아니면 其良品을 製치못ᄒ며 油粕魚肥等은 多少의 效가 無ᄒ거슨 아니라. 其他의 肥料은 往往히 有害ᄒ니라. 樹의 老幼은 ᄯᅩ 大關係가 有흔데 如何히 肥料을 多施ᄒ드릴도 幼樹의 葉은 苦味가 多ᄒ고 甘味가 少ᄒ야 佳品製造ᄒᄂ듸 不堪ᄒᄂ지라. 假量砂壤에는 甘味가 早加ᄒ며 粘土에는 자못 遲緩홈과 如ᄒ게 多少의 差異가 不有홈은 아니나 約十年以上의 星霜을 經過치 아니ᄒ면 玉露를 製ᄒ기 不能ᄒ며 ᄯᅩ佳良末茶를 製ᄒᄂ듸는 遮陽을 設ᄒ야 日光이 新芽에 當ᄒᄂ 强弱를 加減ᄒᄂ니 此을 覆蔽ᄒ야 下作茶라 稱ᄒ며 此를 用ᄒᄂ 茶園을 覆下園이라 稱ᄒᄂ이라. 早春新芽生ᄒ야 其後에 凡七八分에 至ᄒ면 其葉이 未開홀 時에 先히 架를 設ᄒ야 日光을 淡徹ᄒ게흔後 七八日를 經ᄒ야 架上에 藁를 布ᄒ야 光線을 弱ᄒ게ᄒ면 嫩芽은 弱ᄒ고 且柔ᄒ야 伏臥ᄒ랴ᄒᄂ것과 如할진듸 其用에 可供홀지라. 但覆蔽의 厚薄과 此의 日數의 長短은 關係가 頗有ᄒ듸 葉色의 濃淡이 其度를 得ᄒ게ᄒᄂ듸는 熟練를 頗要홀지라.

摘葉의 好否는 製茶上의 得失 茶樹의 利害에 關係를 及ᄒ미 多大흔故로 特히 注意를 要홀지라. 凡播種後 四個年의 四五月頃에 至ᄒ야 杪端의 嫩芽가 全開치 아니홀時에 其下一葉를 置ᄒ고 其上에 有흔三葉 或은 四五葉를 摘取ᄒ미니 此을 三葉掛四葉掛라 稱ᄒ야 三葉掛는 佳品를 製ᄒᄂ듸 用ᄒ고 中下等의 茶는 四葉 五葉으로 製ᄒᄂ니라.

此를 摘取ㅎ는뒤는 指爪로 切斷ㅎ지요 決斷코 折取ㅎ믄 不可ㅎ지오 且後生芽는 可置ㅎ고 秀흔者만 取摘ㅎ야 스사로 杪梢의 長短을 整然케ㅎ지라 摘葉의 期節은 地方에 自ㅎ야 多少의 差異가 有ㅎ나 大抵 五月中에 有ㅎ뒤 最初로 自ㅎ야 凡十五日間을 第一次摘取라ㅎ느니 第一次摘取小終ㅎ고 二十日을 經흔後에 第二次摘取에 着手ㅎ느니 收葉은 從來로 二回에 止ㅎ더니 輓近外國輸出이 多함으로붓터 三次四次摘取ㅎ는者도 有ㅎ나 此ㅣ 思想ㅎ건뒤 害多益少홀쯧ㅎ니라.

茶樹는 一年에 一回의 剪枝니 卽剪去흠을 可ㅎ다홀지라 剪枝치아니면 勢力이 次第로 衰却ㅎ는 念慮가 有ㅎ미 凡十個年마다 臺刈라 爲名ㅎ야 根際로 自ㅎ야 悉皆刈去ㅎ는 法을 不可不施니 其元形를 恢復ㅎ기ㅼ지는 二三年의 星霜을 費ㅎ도록 損失ㅎ미 不鮮ㅎ거시라. 若適宜의 剪枝法을 施ㅎ고 培養이 極懇홀時는 數十年에 一回의 臺刈를 헐진뒤 可헐지라. 剪枝의 期節은 十月中旬으로붓터 翌年二月에 至ㅎ는間을 通常이라云ㅎ니 一年에 大槪一回의 摘葉處은 大抵摘葉後 直時此를 行ㅎ나니라.

凡剪枝를ㅎ는뒤는 先히 茶樹마다 其新古强弱病狀의 有無를 撿ㅎ야 老古의者 患害가 有흔者等을 選ㅎ야 剪去홀거시오 梢長이 太過흔者를 切去ㅎ야 形狀을 一齊로 作ㅎ며 且低枝도 處處히 剪去ㅎ야써 光線과 空氣을 流通케홀거시오 또剪枝의 際處와 又茶樹의 姿勢의도 注意를 要홀지니 其形은 通常半圓形을 作ㅎ야 其高가 大抵摘葉의 便흠을 要홀거시니 大抵地上으로부터 樹頂至ㅎ기ㅼ지 高二尺乃至三尺을 홀지니라.

[虫害] 茶樹의 害虫은 大抵簑虫及蚞蜇가 多有ㅎ다云는ㅎ는뒤 前者는 此를 駈除ㅎ는 뒤는 其 雄蛾의 化生홀時 卽七月의 初旬쯤 夜間焚火ㅎ야 此를 誘殺ㅎ며 枝間에 巢가 有흔者는 鋏刀로 剪去ㅎ야 此를 殺흠미 宜하니라. 蚞蜇는 其卵으로 自ㅎ야 蜉化ㅎ야出ㅎ몌 當ㅎ야 一所에 群集ㅎ는者닌故로 春時懇切히 園間를 檢視ㅎ야 茶株에 白枯ㅎ는 葉를 見홀지뒤 此幼虫이 群集ㅎ야 食害ㅎ는徵兆가 되는故로 近傍을 搜索ㅎ야 반다시 其居處를 發見ㅎ면 此를 聚集ㅎ야 燒殺ㅎ는니라. 若此機를 失ㅎ야 一朝에 蕃衍홀진뒤 全園을 燒盡ㅎ지아니면 此를 駈除허을 得지못ㅎ는 悲境에 陷ㅎ나니 蚞蜇는 또兩間에

石炭油를 少許이 和水ᄒ야 露와 如ᄒ게 灑ᄒ야 濺殺홀거시오 또其製茶의 法은 第三編
農産製造篇에 詳載홈으로 此에 略省ᄒ노라.

¹ 신라 흥덕왕 2년에 당나라로 사신 갔던 김대렴이 차 종자를 얻어 와서 왕의 명령으
로 지리산에 심었는데, 이것이 차의 시작이다. 지금 하동·구례·화개·악양 등 여
러 곳에서 차가 생산되니, '죽로차'라고 하는 것이 곧 그것이다. 또 백두산에는 삼
다, 남해·강진에는 동청차(산다)·황차·동귤차 등의 이름이 있다(淵按 新羅興德
王二年 入唐使大廉 得茶種而來 王命種於智異山 此茶之始也 今河東求禮花開岳
陽諸處 出茶 名曰竹露茶 卽此也 又有白頭山杉茶 南海康津冬靑茶(山茶)黃茶冬
橘茶等名).

출전: 『농학신서』農學新書 권2

해설　이 글은 『농학신서』에서 발췌한 것으로, 앞에 나오는 내용들은 안종수의 『농
정신편』을 그대로 옮긴 것이어서 생략하였다. 그 내용을 보면, 병충해를 막는 방법을
포함한 차의 재배 방법에 대한 논의가 가장 자세하다. 『차의 세계』 2010년 3월호에
소개된 적이 있으며, 원문에서 ○로 표시된 부분은 글자가 판독이 안 되거나 지워진
곳이다.

차의 기원

차는 원래 『이아』에 "가檟는 고도苦荼이다"라고 하는 기록이 보이니, 차의 연원은 여기에서 비롯되었다. 『안자춘추』에 "안영晏嬰이 제齊나라 경공景公을 도와 재상을 할 때, 음식은 오곡밥을 빼고 삼익三弋, 오란五卵, 명채茗菜를 구운 것뿐이었다"라고 하였다. 위진魏晉 시대에 이르러 차라는 이름이 조금 유행하더니, 당나라 육우가 차를 즐겨 『다경』을 처음 저술하였다.

우리나라는 신라 홍덕왕 2년에 당나라에 갔다가 돌아온 사신 김대렴金大廉이 차의 종자를 얻어 와서 왕이 그것을 지리산에 처음으로 심었다. 하지만 이 뒤로는 차에 관한 기록이 보이지 않는다(지금으로부터 1081년 전이다). 근대는 백두산의 삼아차杉芽茶, 해남 강진의 동청차와 황차와 동귤차를 쓴다.

일본은 사가 천황 때에 중국에서 차의 종자를 얻어 오우미와 단바 등의 여러 지역에 심었다. 이것이 일본 차 종자의 시작이다(지금으로부터 1009년 전이다).

유럽에는 1688년에 차가 비로소 수입되었다.

茶는 原來 『爾雅』에 云 檟는 苦荼라ᄒᆞ니 茶가 始此라 『晏子春秋』에 曰 嬰이 相齊에 食脫粟飯ᄒᆞ고 炙三弋五卵茗菜라ᄒᆞ고 至魏晉之代에 茶名이 稍行ᄒᆞ더니 唐陸羽가 嗜茶ᄒᆞ야 茶經을 始著ᄒᆞ니라

我國은 新羅興德王二年에 入唐回使大廉이 茶種을 得來함으로 王이 智異山에 始種하

얏스나 後에 無聞ㅎ고(距今一千八十一年) 近代는 白頭山杉芽와 及南海康津의 冬青茶와 黃茶와 冬橘茶를 用ㅎ니라

日本은 嵯峨天皇時에 支那로브터 茶種을 得ㅎ야 近江丹波等諸國에 植ㅎ니 此ㅣ 日本茶種의 始라(距今一千九年頃)

歐羅巴는 一千六百八十年에 茶가 始輸入되니라

출전: 『만국사물기원역사』萬國事物紀源歷史 「식물·차」

해설　이 글은 중국과 한국, 일본에서 차가 시작된 기원을 간략히 서술한 것이다. 그 내용을 보면, 중국은 『이아』와 『안자춘추』에 나오는 '가'檟, '명'茗 등의 용어에서, 한국은 『삼국사기』에 나오는 김대렴 관련 기록에서, 일본은 사가 천황 때부터 차가 시작된 것으로 보았다.

조선차와 일본차, 다산과 초의

조선의 차는 당나라에서 왔고(신라사에 "흥덕왕 3년 무신, 즉 당나라 문종 태화 2년에 입당사 김대렴이 차 종자를 얻어 와서 왕의 명으로 지리산에 심었다"고 하였다), 일본의 차는 송나라에서 들어왔다(일본 불교사를 살펴보면 고토바 천황 문치 3년, 즉 송나라 순희 14년에 사문 에이사이가 다시 송나라로 들어가 임제정종을 받아들여, 건구 3년, 즉 송나라 소희 3년에 조정으로 돌아와 널리 포교하였다. 이 사람이 일본 선종의 개조가 되는데, 에이사이가 송나라에서 올 때, 차 종자를 가지고 와서 지쿠젠 세후리 산山에 심었다. 이후 토가노오의 묘에가 세후리 산의 차를 토가노오와 우지에 나누어 심고 제다법을 창시하였다고 한다. 또 센리큐 선사가 일본 다도의 원조라고도 한다. 일본의 다도는 교토에서 가장 성행하였는데, 교토 사람들은 모든 개다회開茶會에 반드시 다이토쿠지大德寺 관장의 친필 글씨를 걸어 놓아야 그 흥취를 다한 것으로 여겼으니, 일본 다도는 또한 선종에 속한 것이다). 그러나 일본차는 지금 성행하고 있는 반면 조선차는 알려진 것이 없으니, 조선은 수질이 천하제일이라 차를 마실 필요가 없기 때문이다. 근세에 열수 정약용은 강진에 유배 가 있으면서 『동다기』를 지었고, 또

다산으로 자호하였으니, 대개 다도에 조예가 깊었던 것이다. 또 대둔
사의 초의 의순 선사는 차시와 「동다송」을 지어 차의 공덕을 기술하였
다.

按朝鮮之茶 自唐來(新羅史云 興德王三年戊申-唐文宗太和二年-入唐使大廉 得茶種
來 王命植智異山) 日本之茶 自宋來(按日本佛敎史 後鳥羽天皇文治三年-宋淳熙十四
年-沙門榮西 再入宋 承臨濟正宗 建久三年-宋紹熙三年- 歸朝弘布 是爲日本禪宗之開
祖 榮西自松 持來茶種 種於筑前背振山 後 栂尾明惠 將背振山之茶 分種栂尾及宇治
且創製茶之法云云 又千利休禪師爲日本茶道之元祖云云 日本茶道 京都最盛 京都之
人 凡開茶會 必須張掛大德寺管長之手澤 然後方爲盡其趣 日本茶道 亦屬于禪也) 雖
然 日本茶 今盛行 而朝鮮茶 無聞焉 以朝鮮水土 甲於天下 不須茗飮故也 近世洌水
丁若鏞 謫居康津 著有東茶記 又自號茶山 蓋於茶道 有深造焉 又大芚寺草衣意恂禪
師 有茶詩及東茶頌 備述茶之爲德

출전: 『조선불교통사』朝鮮佛敎通史 하권

해설 이 글은 『조선불교통사』에 나오는 차에 관한 내용 중 첫 대목이다. 특히 마지
막 부분을 보면, 정약용이 『동다기』를 지었다고 하는 설이 여기서부터 비롯되었음을
알 수 있다. 저자는 이어서 「동다송」과 초의 선사의 시, 신헌구의 제시, 백산차 등에
관하여 기록하고 있는데, 대개는 『한국의 차 문화 천년 1』과 『한국의 차 문화 천년 3』
에서 이미 수록한 것들이므로 생략하였다.

송운회 宋雲會, 1874~1965

종산 안종협이 방문하였기에 安種山(鍾協)見訪

오솔길 구불구불한 바위 동쪽 대에
벗이 봄바람과 함께 나를 찾아왔네.
해는 져서 들소에게 밭갈이 재촉하고
바다 구름은 걷혀서 고깃배 막 출발하네.
어린 종은 정원을 채우려 꽃을 옮겨 심고
아이는 손님 반기며 술을 사 오네.
내 병을 고치기에는 음식을 절제해야 하니
마음으로 경계하여 찻잔도 그만두었네.

透迤松逕石東臺 人伴春風訪我回 野犢催耕山日下 漁舟初發海雲開

僮知庭實移花至 兒喜賓多貰酒來 節食正宜治我病 戒心亦復廢茶盃

출전: 「설주유고」雪舟遺稿 권1

해설 전체 3수 중 첫 번째 시이다. 송운회는 전남 보성군에서 태어난 근대의 저명
한 서예가이자 다인이다. 아마도 속병을 앓았던 듯, 봄바람 불 때 찾아온 벗을 맞이하
고서도 좋아하는 차마저 끊었노라 말하고 있다.

송운회 宋雲會, 1874~1965

지재의 집에서 양석 황우연과 함께 주고받다

芝齋庄同黃養石(宇淵)唱酬

벗이 벗의 집에 손님이 되어

반갑게도 나를 멀리하지 않아 정담을 나누었네.

매화 비추던 달 졌음에도 오히려 담박하고

버들바람 뉘 좋아하나, 아름답게 빗겼네.

반가운 눈으로 날리는 눈발을 보며

호탕한 말솜씨는 꽃이 어지러이 떨어지는 듯*.

아침에 일어나 봄비 내리는 걸 하염없이 보다가

아이 불러 돌밭에 차나무 얻어 심었네.

故人爲客故人家 鼎晤偏欣不我退 梅月已殘猶澹泊 柳風誰好竟欹斜

淸眉忍見明飛雪 雄辯堪憐亂墜花 朝起剩看春雨下 呼僮栽得石田茶

출전: 『설주유고』 권1

해설   전체 4수 중 첫 번째 시이다. 지재芝齋는 『설주유고』에 자주 등장하는 김진호 金震浩이다. 그의 집에서 또 한 벗인 황우연을 맞아 지은 것이다.

• 꽃이 어지러이 떨어지는 듯   『심지관경』心地觀經에 나오는 "천화天花가 어지러이 떨어져 허공에 가득하네"(天花亂墜徧虛空)라는 구절을 원용한 표현이다.

송운회 宋雲會, 1874~1965

지재와 함께 창수하다 同芝齋唱酬

오후에 서재의 발을 걷으니 날씨 쌀쌀한데
가을 산이 벼루에 푸르게 비치네.
경전을 대하니 천고의 세월에 참여한 듯하고
벗을 얻었으니 일생을 함께하기로 생각했네.
해오라기 훌쩍 날아가니 땅이 찢어지는 듯
요란한 매미 길게 우니 하늘이 기우는 듯.
깨끗한 재실에서 기꺼이 모기를 쫓고
아침저녁으로 한결같이 차를 달이네.

晩捲書簾氣蕭然 秋山蒼倒硯池邊 對經悅若參千古 得友常思共百年
一鷺決歸如裂地 亂蟬長曳欲傾天 淸齋喜省防蚊役 晨夕猶存煮茗烟

출전: 「설주유고」 권1

해설　지재 김진호는 아마도 송운회의 절친한 벗인 듯하다. 벗과 함께 바라보는 가을 오후의 정겨운 풍경을 읊었다.

송운회 宋雲會, 1874~1965

국포 송종의 초당에 쓰다 題宋菊圃(棕)草堂

국포 선생이 거처하는 초당
홍도화 속에서 문을 닫고 사네.
동풍이 잠깐 쉴 제, 차 향기 무르익어
앉아서 도잠의 시집을 보네.

菊圃先生一草廬 紅桃花裡閉門居 東風乍歇茶香熟 坐閱淵明一部書

출전: 「설주유고」 권1

해설　차를 마시며 도잠陶潛의 시를 읽는 초당의 정경을 읊었다. 마치 도잠의 집을
엿보는 것 같기도 하다.

송운회 宋雲會, 1874~1965

남양에 다시 이르다 再到南陽

저문 해는 길어 나그네 생각은 유유한데
매화꽃은 다 떨어지고 살구꽃이 향기롭네.
햇차 짙게 달이노라니 솔바람은 일고
한가롭게 바둑돌 두노라니 비 내려 대밭이 서늘하네.
술이 없으니 더부룩한 기운 사라지고
봄 되어도 머리에 내린 서리는 녹지 않네.
등불 켜 놓고 낮의 놀이 계속하려고
식사 후에 계곡 북쪽에서 서로 만났네.

旅思悠悠落日長 梅花飛盡杏花香 濃煎新茗松風沸 閒着清棋竹雨凉

無酒可消盈肚氣 有春難去滿頭霜 午遊更續青燈下 飯後相招澗水陽

출전: 「설주유고」 권1

해설　남양이 어디인지는 미상이나, 그곳에서 차 마시고 바둑 두며 낮에 놀던 벗을 저녁에 다시 만나 읊은 시이다.

송운회 宋雲會, 1874~1965

봄이 지난 후에 회포를 풀다 春後放懷

차 솥은 끓고 향 연기 피어오르는데

누운 나그네는 솔바람 소리에 수염이 서늘하네.

술을 좋아하니 얼굴은 청춘인 양 여전히 붉고

바둑 소리 맑으니 여름날도 길지 않아라.

마음은 흐르는 물과 같아 혼연히 맑고

시는 명산에 이르러 써내기 바쁘구나.

두견새가 고향 생각 간절히 북돋우니

조각배로 어느 날에나 산양에 이를까?

茶鐺沸雪篆爐香 客臥松聲老鬢凉 酒好春風猶自在 碁淸夏日不能長

契徵流水渾成淡 詩到名山便掃忙 杜宇助人歸思苦 扁舟何日到山陽

출전: 「설주유고」 권1

해설 차를 끓이며 봄이 지난 뒤에 떠오르는 상념들을 읊었다. 마지막 구절의 산양 山陽은 시인의 고향인 전남 보성을 가리킨다.

송운회 宋雲會, 1874~1965

오정 오상렬과 함께 읊다 吳梧庭(尙烈)共吟

빗질하지 않은 짧은 머리가 갓을 마구 찌르니
객에게 예모禮貌 잃은 모습이 더욱 부끄럽구나.
안개처럼 들꽃은 자욱한데, 돌아갈 꿈은 멀고
가랑비처럼 꽃잎이 지니 늙은이 회포 싸늘하네.
차가 좋으니 술 거를 필요 없고
솔바람 불어오니 거문고 탈 필요 없어라.
봄을 보내는 한이 시 속에 무궁하다지만
그대 보내는 서운함에야 어찌 비기리.

懶梳禿髮亂衝冠 有客還慚失禮看 芳草烓烟歸夢遠 落花細雨老懷寒

茶兼香酒休勞釀 松代淸琴不費彈 詞賦無窮春去恨 悵然何似送人難

출전: 「설주유고」 권1

해설　전체 3수 중 두 번째 시이다. 오상렬을 떠나보내며 그 서운한 정경을 시로 읊었다.

남헌 선지식의 원운을 따서 次宣南軒(芝植)原韻

청초한 표상은 학처럼 꼿꼿하고

매화 아래서 경전 읽느라 낮에도 문이 닫혔네.

떨어진 솔방울은 밤새 차 화로를 따뜻하게 해 주고

새로 돋은 대나무는 봄에 무궁화 울타리를 메워 주네.

회포 잊는 데엔 시 짓기가 가장 좋고

세상 피했으니 술동이 기울이기 그만이로다.

훌륭하다, 남헌옹의 한가로운 생활이여!

담박한 생애가 전원에 있네.

淸標似鶴立軒軒 梅下談經晝掩門 茶竈夜溫松落子 槿籬春補竹生孫

忘懷最好開詩硯 遯世何妨倒酒樽 可愛南翁閒養足 生涯淡泊在田園

출전: 「설주유고」 권1

해설　선지식이 지은 시의 운을 따서, 그의 청초하고 한가로운 일상을 칭송한 것이다.

죽곡정사에서 모임을 열다 竹谷精舍結社

열흘 동안 나그네 되어 문득 집을 잊었으니
이 세상 한가하기로는 이보다 더한 곳 없네.
오동나무 기를 젠, 곧고 크기를 기대하고
매화나무 전지할 젠, 비스듬한 것을 귀하게 치지.
봄가을로 왕래하는 사이도 아니지만
아침저녁으로 만날 필요도 없어라.
동자 아이가 내 목마를 줄을 알아
밤에 솔방울 주워 햇차를 달이네.

一旬爲客便忘家 今世閒區莫此加 培養桐材期直大 剪栽梅格貴欹斜

過從不是隨陽鴈 聚散休須趁暮鴉 自有山童知我渴 夜燃松子試新茶

출전: 『설주유고』 권1

해설　　전체 10수 중에서 아홉 번째 시이다. 집을 떠나 열흘 가까이 죽곡정사에서 모였을 때 지었다.

송운회 宋雲會, 1874~1965

용산정사의 작은 모임 龍山精舍小集

봄이 나보다 먼저 가니

꽃은 흙이 되고 버들엔 솜이 날리네.

부뚜막 가득 솔바람 소리는 햇차 달이는 소리

창 아래 댓잎에 비 떨어지는 소리는 바둑 두는 소리라.

파초는 이미 굵어져 속잎이 뻗어 나오고

매실은 살이 올라 가지가 반쯤 휘었네.

객지의 회포 달래기 좋은 방법 있으니

주인장 역시 시를 읊기 좋아하지.

春歸先我歸遲 花已成塵柳已絲 滿竈松風新煮茗 落窓竹雨午鳴碁

蕉身已大中抽葉 梅子初肥半倒枝 更有旅懷消遣好 主翁亦自愛吟詩

출전: 「설주유고」 권2

해설   전체 2수 중에서 첫 번째 시이다. 꽃은 지고 버들 솜 날리는 무렵, 용산정사에 모여 객수를 달래고자 지은 것이다.

한용운 韓龍雲, 1879~1944

즉흥시 卽事

검은 구름 모두 걷히고 달 밝으니
먼 나무숲에 달빛이 선명히 도네.
학 날아간 텅 빈 산엔 잠도 오지 않고
잔설 밟으며 돌아오는 발자국 소리뿐.
홍매 핀 곳에 스님은 선정에 들고
소나기 지난 후에 차 더욱 맑다네.
호계*라 생각하니 또한 우스워
가만히 도잠을 그리며 생각에 잠기네.

烏雲散盡孤月橫 遠樹寒光歷歷生 空山鶴去今無夢 殘雪人歸夜有聲

紅梅開處禪初合 白雨過時茶半淸 虛設虎溪亦自笑 停思還憶陶淵明

출전: 『한용운전집』韓龍雲全集 1

---

* **호계虎溪**　중국 진晉나라 고승 혜원慧遠이 동림사에 있을 때 손님을 전송하며 호계를
건넌 적이 없었는데, 도잠陶潛과 육수정陸修靜이 방문했을 때는 호계를 지난 줄도 모르고
마음을 나누다가 세 사람이 크게 웃고 헤어졌다는 일화가 있다.

해설 달빛 밝은 밤에 잠을 못 이루다가, 차를 마시며 중국 고승과 은사의 일화를 떠올리며 지은 것이다.

한용운 韓龍雲, 1879~1944

조동종대학교* 별원 曹洞宗大學校別院

온 절이 고요하기 태고 같아서
이 세상과는 인연이 멀다.
종소리 그친 뒤에 나무들 조용하고
차 향기 속에 햇빛이 한가하다.
선의 마음은 마치 백옥 같고
신기한 꿈은 이 청산에 이르렀다.
다시 별천지 찾아갔다가
우연히 새로운 시 얻어서 돌아왔네.

一堂似太古 與世不相干 幽樹鐘聲後 閑花茶藹間

禪心如白玉 奇夢到青山 更深別處去 偶得新詩還

출전: 『한용운전집』 1

해설　전체 2수 중 첫 번째 시이다. 한용운은 1909년 5월부터 6개월간 원종종무원 시찰단의 한 사람으로 일본을 시찰하였는데, 이 시는 그때 지은 것으로 보인다.

• **조동종대학교曹洞宗大學校**　일본 도쿄에 있는 고마자와駒澤대학교를 가리킨다. 이 대학이 선종의 일파인 일본 조동종曹洞宗의 종립 대학이므로 이렇게 부른다.

한용운 韓龍雲, 1879~1944

증상사* 增上寺

맑은 풍경 소리 법당에 들릴 때
다시 햇차 따라 난간에 기대니,
오랜 비 막 개고 서늘한 바람 일어
빈 발의 낮 기운이 수정처럼 차갑네.

清磬一聲初下壇 更添新茗依欄干 舊雨纔晴輕涼動 空簾晝氣水晶寒

출전: 『한용운전집』 1

해설   이 시 역시 1909년 일본을 시찰했을 때 지은 것으로 보인다.

• **증상사增上寺**   일본 도쿄에 있는 절 이름으로, 정토종의 본산이다.

한용운 韓龍雲, 1879~1944

오세암* 五歲庵

구름 있고 물 있으니 족히 이웃 될 만하고
보리菩提도 잊었거늘 하물며 다시 인仁이겠는가?
저자 머니 약 대신 솔차를 달이고
산이 깊어 물고기와 새뿐, 어쩌다 사람 구경하네.
아무 일 하나 없음이 정말 고요함은 아니고
처음 맹서 어기지 않음, 그게 곧 새로움이지.
비 맞은 후 여유롭게 선 파초 같을 수 있다면
이 몸 어이 티끌세상 달리기를 꺼리겠는가?

有雲有水足相隣 忘却菩提況復仁 市遠松茶堪煎藥 山窮魚鳥忽逢人

絶無一事還非靜 莫負初盟是爲新 倘若芭蕉雨後立 此身何厭走黃塵

출전: 「한용운전집」1

해설　한용운은 1896년 오세암에 처음 들어갔고, 1905년 다시 백담사로 들어가 정식으로 승려가 되었다.

• **오세암五歲庵**　강원도 인제군 설악산에 있는 백담사의 부속 암자.

문일평 文一平, 1888~1939

다고사茶故事 서문

차와 담배는 서로 떼어 놓지 못할 관계에 있는 물건이다. 이미 담배에 관한 이야기를 하였으니 지금부터 차 이야기를 하려 한다. 차는 담배와 같이 일반적으로 보급되지 못하고 말았으나, 문헌상으로는 그 시작 연대가 담배에 비하여 몇 갑절이나 오래고, 또 생활에 끼친 영향도 적지 않다. 차는 조선 고유의 식물이 아니고, 삼국 말엽에 중국으로부터 전래한 것이다. 조선에도 산다山茶(속칭 동백)와 감다甘茶는 없지 않으나 오늘날 보통 말하는 차는 본래 중국 특산으로 이것이 다른 문화처럼 옛날 신라에 유입하여 재배하게 된 것이다. 당시 일본과 오늘날 서양의 차 종자도 모두 중국에서 전파된 것으로 다만 전자는 신라보다 수 세기 뒤졌고, 후자는 신라보다 8~9세기가 뒤지는 것이 다를 뿐이다.

근세 조선 사람들은 거의 차를 마실 줄 모르나, 옛날 신라 사람들은 차를 상당히 애호한 모양이다. 그러나 신라 때는 주로 승려 층을 중심으로 성행하였다. 그러다가 고려 때는 승려 층에서 널리 민간에 퍼지게 되었다. 그렇지만 고려 때도 오히려 오늘날 담배처럼 대중화하지는 못하고 흔히 특권 계급의 기호품의 일종으로 애호되었다.

차가 비록 일반인이 늘 애용하던 것은 아니지만, 고려 때 성행했던 것만은 사실이다. 이를테면 왕궁 연중행사의 의식에서는 반드시 술, 과일과 마찬가지로 차를 애용하였고, 외국 사신 영접의 예절에서는 으레 진수성찬과 함께 차를 대접하였으며, 귀인과 부호 사이에서 차가 애용된 만큼 차 도구를 갖추는 일이 제법 유행하여 이것이 고려자기의 발달에 한 원인이 되었다고 한다.

이처럼 신라에서 기원한 음다飮茶의 유행이 고려 때에 와서는 한층 더 성행함을 보게 되었으나, 이조에 이르러서는 쇠퇴하고 말았다. 그러면 그 쇠퇴하게 된 원인이 어디에 있었는가 하면, 불교의 쇠퇴에 돌리는 이도 있다. 과연 그렇다. 불교와 관련이 깊던 음다의 풍속이 불교가 쇠퇴함에 따라 함께 사그라지게 된 것은 또한 자연스런 이치라고 하겠다. 그러나 음다의 풍속이 불교의 흥망에 좌우된 것은 바로 그 풍속이 깨뜨리지 못할 만큼 굳건하게 보급 또는 깊이 스며들지 못했다는 뚜렷한 증거이다. 차가 전해진 지 근 천 년이 되도록 그것이 대중화하지 못한 것은 무슨 이유일까? 어쩌면 조선 안 곳곳에 감천甘泉이 흐르고 또 흔히 숭늉을 마시는 민속이 있기 때문이 아닐까? 감천도 감천이려니와 특히 숭늉 같은 것은 일종의 곡차로서 그 구수한 풍미가 씁쓸하고 떫은맛이 나는 박차薄茶에 비하여 꼭 못하다고는 할 수 없으니, 이것이 차의 보급에 적지 않은 장애가 되었을지 모른다.

어쨌든지 이조에 들어와서 차는 급속도로 쇠퇴하게 된 것이다. 차가 쇠퇴하는 동시에 차와 연관된 다구 등 고아한 도자기도 다시 옛날처럼 제조하지는 못하게 되었다. 그러나 차의 쇠퇴와 그 운명을 같이한 미술 공예의 퇴보를 탄식하려는 것은 아니다. 우리들이 탄식할 것은 차라리 여기서 한 걸음 더 나아가 차를 산업화하지 못한 데 있다. 이조는 말할 것도 없지만 차를 애호하던 고려에서도 왜 차의 재배를 등한시했는가? 호남과 영남의 따뜻한 땅은 차의 재배에 최적임에도 왜 그것을 더 많이 재배하여 국제적 무역품으로 만들지 못했는가, 이것이 한 가지 큰 의문인 것이다. 이런 의미에서 내가 고금 문헌에 나오는 차에 대하여 한번 고찰해 보는 것이 아주 무익한 일은 아닐 줄로 믿는다.

茶와 담배는 서로 떠나지 못할 關係를 갖인 物件이다. 이미 담배이야기를 했으니 이로부터 茶이야기를 하려한다. 茶는 담배와 같이 一般으로 普及되지 못하고 말었으나 文獻으로 본다면 그 드러온 年代가 담배에 比하여 몇 갑절이나 久遠했고 또 生活上에 끼친 그 影響도 적지 않다. 茶는 朝鮮固有의 植物이 아니오 三國末에 中土로부터 傳來하였다. 朝鮮에도 山茶(俗稱多栢)와 甘茶는 없는바 아니나 오늘날 普通所謂茶는 본대 中土 特産으로 이것이 다른 文化와 한가지로 옛날 新羅에 流入하여 栽培하게 된 것이다. 그 當時 日本과 오늘날 西洋의 茶種도 모다 中土로부터 傳播된 것으로 다만 前者는 新羅보담 數世紀나 뒤졌고 後者는 新羅보담 八九世紀가 뒤진 것이 다를 뿐이다.

後世朝鮮人은 거의 茶를 마실 줄을 모르나 옛날 新羅人은 茶를 相當히 愛好하는 模樣이다. 그러나 新羅 때는 主로 僧侶界를 중심하여 盛行하였다. 그리드니 高麗때는 僧侶界로부터 널리 俗間에 퍼지게 되었다. 그렇지만 高麗때도 오히려 오늘날 담배처럼 民衆化함에는 이르지 못하고 흔이 特權階級의 一種嗜好品으로 愛飮하든바다.

茶가 비록 一般人의 常用이 아니나 高麗 때 盛行했든것만은 事實이다. 이를테면 王宮에서 하든 年中行事의 儀式에는 반드시 酒果와 한가지로 茶를 愛用하였고 外國使臣迎接의 禮節에는 의레히 珍羞와 한가지로 茶를 供待하였으며 貴人과 富豪 사이에 茶를 愛飮한만큼 茶具를 治하는 風이 자못 盛行하여 이것이 高麗磁器 發達의 一因을 지였다한다. 이렇게 新羅에 起原된 飮茶의 流行이 高麗에 와서는 일층 더 盛行함을 보게되었거니와 李朝에 이르러는 衰頹하고 말었다. 그러면 그 衰頹하게 된 原因이 어대 있는가하면 佛敎

廢滅에 돌리는 이도 있다. 과연 그렇다. 佛敎와 關聯이 깊었든 飮茶의 流風이 佛敎의 廢滅에 따라 衰頹하게됨은 또한 自然의 理勢라고 하겠다. 그러나 飮茶의 流風이 佛敎의 興替에 左右한바 됨은 이 곧 飮茶가 牢不可破할 만큼 普及 또는 深入하지 못한 明證이다. 茶가 드러온지 近千年이 되도록 그것이 一般民衆化하지 못한 것은 무슨 理由일가. 或은 朝鮮 안에 곳곳이 甘泉이 흘으고 또 흔이 飯湯을 마시는 民俗이 있는 때문이 아닐까. 甘泉도 甘泉이려니와 特히 飯湯같은 것은 一種穀茶로서 그 구수한 風味가 반드시 苦澁한 薄茶에 比하여 讓步할 바 아닌즉 이것이 茶의 普及에 적지 않은 障碍가 되었을지 모른다.

어쨌든지 茶가 李朝에 드러와 急轉의 勢로 衰頹하게 되었다. 茶가 衰頹하는 同時에 茶로해서 생겨났든 茶具 等의 高雅한 陶磁器도 다시 옛날과 같이 製造하지 못하게 되었다. 그러나 茶의 衰頹와 그 運命을 한가지로한 美術工藝의 退步를 嘆息함이 아니다. 吾人의 嘆息은 차라리 이에서 一步를 더나켜 茶 그것을 産業化시키지 못한데 있다. 李朝는 말할 것도 없지만 茶를 愛飮하든 高麗에서도 왜 茶의 栽培를 等閑視했는가. 湖南과 嶺南의 暖地는 茶의 栽培에 가장 適宜하거늘 웨 그것을 더 많이 栽培하여 國際的貿易品을 맨들지 못했는가 이것이 一大疑問이다.

이런 意味下에서 吾人은 古今文獻에 보이는 茶에 對하여 한 번 考察함이 아주 無益한 일은 아닐 줄로 믿는다.

출전: 「호암전집」湖岩全集 권2 「다고사」茶故事

해설 한국의 차 역사를 전체적으로 고찰한 글이다. 이와 관련하여 서양의 차가 중국에서 유래한 것으로 보았으며, 특히 조선에서 차 문화가 쇠퇴한 원인을 '숭늉을 마시는 문화'에서 찾고 있다.

신라차의 종류

신라 때 승려에게 차를 예물로 드린 일은 최치원이 임금의 명으로 편
찬한 무염 국사 비명에 "명茗과 발蔣로 예물을 올려 사신이 오지 않은
달이 없으니"라고 나와 있다. 명은 차이고 발은 향이니, 이 비명이 사
실이라면, 헌안왕이 즉위하기 전에 무염 국사의 높은 덕을 공경하고
사랑하여 차와 향을 예물로 매일 사신을 보내어 문안을 했다는 뜻이
다. 차茶와 명茗의 구별은 『이아』 주석에 "일찍 딴 것을 차라고 하고,
늦게 딴 것을 명이라고 한다"라고 하여, 채취하는 시기의 빠르고 늦음
에 따라 차라 하기도 하고 명이라 하기도 하였으니, 명칭이 달랐을 뿐
이다. 그러나 실제로는 차를 명이라 쓰기도 하고, 명을 차라 쓰기도 하
여 구분하지 않고 사용한다. '명'이 금석문에 등장하는 것은 무염 국사
보다 수십 년 선배인 진감 국사 비명에 '한명'漢茗이라고 적힌 것이 처
음이다. 진감은 신라 문성왕 12년 경오(서기 850)에 77세로 입적한 고승
인데, 김대렴이 당나라에서 차 종자를 가지고 왔던 흥덕왕 3년 무신(서
기 828)에는 그의 나이 55세였다. 그러므로 이 '한명'이라고 한 기록은
김대렴이 차를 가지고 왔을 때와 비슷한 시기였을 것이며, 당시 신라
에서는 토산차 외에 '한명', 곧 당나라 차를 소중하게 여겨 함께 사용
했을 것으로 짐작할 수 있다.

그런데 당시 신라 사람들이 마시던 차는 말차인가, 아니면 잎차인가?
이와 관련하여 『삼국유사』에는 '전차' 煎茶라고 적혀 있고 『일용록』日用
錄에는 '점차'點茶라고 적혀 있으니, 앞은 엽차를 말한 것이고 뒤는 말

차를 말한 것이다. 이것이 사실이라면 엽차도 있고 말차도 있었다. 그러나 엽차보다는 말차를 흔하게 마셨던 것 같다. 이는 다른 학자들도 이미 논한 것이지만, 진감 국사에게 한명을 공양한 사람이 있으면, 가루로 만들지 않고 그대로 돌솥에 넣어 땔나무로 삶았다고 하여, 세속을 따르지 않고 참된 것을 지켰다는 다음의 기록은 세속에서는 말차를 마셨음을 반증하는 것이다.

더러 호향胡香을 주는 사람이 있으면, 질화로에 잿불을 담아 둥근 덩어리를 짓지 않고 불태우면서, "나는 이것이 무슨 냄새인지 알지 못하고, 마음을 경건하게 할 뿐이다" 하였고, 다시 중국차〔漢茗〕를 바치는 사람이 있으면, 땔나무로 돌솥에 불을 때서 가루로 만들지 않고 달이면서, "나는 이것이 무슨 맛인지 알지 못하고 그저 배를 적실 뿐이다"라고 했다. 참된 것을 지키고 습속에 거스름이 모두 이와 같았던 것이다.

신라 통일 전 당나라에서 차가 들어오고부터는, 부처님 공양과 승려의 음용 및 예물의 대용으로 차가 향과 함께 사찰에서 없어서는 안 될 귀중품이 되고 말았다. 술을 마실 줄 모르는 승려들은 술이나 약을 대신하여 차를 애호할 수밖에 없다. 수도자에게 차는 잠을 쫓아내고 정신을 깨끗하게 할 뿐 아니라, 밝은 창 아래 조용한 자리에서 솔바람 소리와 함께 차 향기가 피어오를 때, 좌선의 그윽하고 현묘한 분위기를 한층 더 도와주는 것이다. 차를 마시는 풍습이 사찰에서 시작되어 승려들에게 먼저 퍼지게 된 것은 이러한 이유 때문이다. 결국 다도를 깊이 이해하는 이가 곧 선승이 되는 것이다. 이것이 불교가 성행하던 신라 때 차를 마시는 풍습이 성행하게 된 까닭이다.

신라의 차는 당나라에서 들어왔고 일본의 차는 송나라에서 들어왔으니, 비록 시기의 선후는 있으나 불교를 따라 전래하였고 불교를 따라 성행한 점에 있어서는 마찬가지이다. 이것을 보면 불교가 성행하던 당시 고구려와 백제에도 당나라로부터 차 종자의 전래가 없었을 리가 없다. 고구려는 북쪽의 변방 지역이므로 재배에 부적합하지만 백제는 남쪽의 따뜻한 지역이므로 신라보다도 오히려 유리한 조건을 가지고 있다. 일찍 들어와 재배가 되었더라도, 역사적 기록이 전하지 않는 이상 무어라고 말하기는 어렵다. 그러나 지리산을 중심으로 논할 때, 신라의 옛 땅이던 경상도 방면에 비하여 백제의 옛 땅이나 전라도 방면에 차의 산출이 더 많다고 한다. 이는 4백여 년 전에 나온『여지승람』에도 적혀 있거니와, 오늘날에 이르러서도 여전히 변함이 없다. 전라도는 지리산 외에도 모든 명산에 거의 차가 없는 데가 없다고 한다.

新羅때 茶를 僧侶에게 禮幣로 充用한 例는 崔致遠奉敎撰한 無染國師의 碑銘에도 '贊以茗馞, 使無虛月'이라고 적혀있다. 茗은 茶이오 馞은 香이니 이 碑銘의 事實로 말하면 憲安王이 潛邸時에 無染國師의 高德을 敬愛하여 茶香을 禮幣로 每月使者를 보내어 問安했다 함이다. 茶와 茗의 區別은 爾雅註에 '早採爲茶, 晚採爲茗'이라하여 同一物이뢰 되 그 採取하는 時日의 早晚을 따라 或은 茶라 或은 茗이라 名稱을 달리할 뿐이다. 그러나 實物에 나가 적을 때 茶를 茗으로도하고 茗을 茶라도하여 混同해쓴다. 茗이 金石文에 나타나기는 無染國師보다 數十年先輩인 眞鑑國師의 碑銘에 '漢茗'이라고 적힌 것이 처음이다. 眞鑑은 新羅文聖十二年庚午(西紀八五〇)에 七十七로 寂化한 高僧으로 大廉이 唐에서 茶種을 再輸入하던 興德王三年戊申(西紀八二八)에는 그나히 五十五歲이었었다. 그러므로 이 '漢茗'云云의 記事는 大廉의 그것과 前後하여 되었을것이며 이때 新羅

에서 土産茶外에 漢茗 곧 唐土茶를 珍重하여 並用하였음을 짐작할 것이다.

그런데 그 當時新羅人의 飮用하던茶는 末茶(가루로 맨든茶)이냐 葉茶이냐하면 遺事에는 煎茶라고적히고 日用錄에는 點茶라고 적혔은즉 前者는 葉茶를 말함이오 後者는 末茶를 말함이다. 이것이 事實을 傳함일진대 葉茶도 있었고 末茶도 있었다. 그러나 葉茶보다 末茶가 흔히 飮用된 것 같다. 이는 다른 學者도 이미 論한 바어니와 眞鑑國師에게 漢茗을 供하는 者ㅣ 있으면 가루를 만들지않고 그대로 石釜에 넣어 섶으로 살맛다고하는 守眞하여 世俗에어긴 記事는 곧 그 反面에 世俗이 末茶를 飮用함을 意味함이다.

　　或有以胡香爲贈者 則以瓦載煻灰 不爲丸而焫之 曰吾不識是何臭 虔心而已 復有

　　以漢茗爲供者 則以薪爨石釜 不爲屑而煮之 曰吾不識是何味 濡服而已 守眞忤俗

　　皆此類也(眞鑑國師碑崔致遠奉敎撰)

新羅統一前에 茶가 唐에서 들어온以來 佛陀의 供饗과 僧侶의 飮用과 및 禮幣의 代用으로 茶가 香과 아울러 寺刹안에 不可缺할貴重品이 되고말았다. 酒를 마실줄 모르는 僧侶들은 酒의 대신 또는 藥의대신 茶를 愛飮할 수밖에 없다. 修道者에게 있어서 茶의 效益은 睡魔를 좇아내고 精神을 깨끗하게 할뿐더러 明聰淨几에 山中松濤와함께 榻上茶香이 끓어오를 때 坐禪의 幽寂玄妙함을 일층더 도와준다. 그러므로 飮茶의風이 寺院에서 起原이 되어 僧侶들에게 먼저 퍼지게됨은 이러한理由가 있는때문이며 따라 茶道를 깊이 理解하는이도 禪僧이 될 것이다. 이는 茶의飮用이 佛의 盛行하던新羅에 盛行하게된 所以이다.

新羅의茶는 唐에서 들어왔고 日本의茶는 宋에서 들어왔으니 비록 年代前後는 있으나 모다 佛敎를따라 傳來했었고 또 佛敎를 따라 盛行했음은 마찬가지다. 이로보면 佛敎가 盛行하든 그當時 高句麗 百濟에도 唐으로부터 茶種의 傳來가 없었을理가 없다. 高句麗는 北國塞地이므로 栽培에 不適하되 百濟는 南國暖地인만큼 新羅보다도 오히려 有利

한 條件을 가졌다. 일찍 들어와 栽培가 되었드라도 史實이 傳하지 안는以上 무엇이라고 云謂하지 못할바다. 그러나 智異山을 中心하고 論할 때 新羅故土이던 慶尙道方面에 比하여 百濟舊域이든 全羅道方面에 茶産出이 더 많다한다. 이는 四百餘年前에된 輿地勝覽에도 적혀있거니와 今日에 이르도록 依然히 變함이 없다. 全羅道는 智異山外에도 모든 名山에 거의 茶없는데가 없다한다.

출전: 「호암전집」 권2 「다고사」

해설 삼국 시대의 차 문화에 대해 각종 문헌들을 동원하여 개괄한 것으로, 중간에서 인용한 「진감 화상 비명」은 『한국의 차문화 천년 3』에 소개된 바 있다.

변영만 卞榮晚, 1889~1954

권문선의 편지에 답함 答權文善書

청담 족하.

때때로 산채를 보내 주는 것 정도야 무방하다고 말씀드린 적이 있습니다만, 몇 달도 지나지 않아 저의 말에 따라 좋은 채소를 넉넉히 보내주고, 또 좋은 차 한 봉지를 딸려 보내 더욱 사치스럽게 하시다니요. 어찌해야 하겠습니까? 이로 인해 말을 쉽게 해서는 안 된다는 것을 더욱 잘 알게 되었습니다.

다만 저는 요즘 자못 술과 안주를 절제하여 한 달 중 이십여 일을 맑게 앉아서 책을 보고 있습니다. 그런데 뜻밖에 명산의 두 가지 묘한 맛을 얻게 되었습니다. 아직 삶거나 먹지는 않았지만 그 꽃답고 그윽한 향취가 벌써부터 방 안에 그득하니, 향후 몇 달간은 고기의 맛을 잊을 수 있을 것이며 편안을 더욱 얻을 것입니다. 이 얼마나 감사합니까!

새 집을 짓고 있음을 편지로 알게 되었습니다. 장유長儒 안붕언安朋彥이 원래 거처하던 집은 그리 나쁘지 않았던 것으로 기억되는데, 어찌 그 비용으로 밭을 사지 않고 갑자기 집을 마련하십니까? 궁금합니다. 그러나 자고로 치산治産의 방법은 친근한 사람이라도 서로 간섭할 수 없는 것이거늘, 하물며 나는 멀리 떨어져 있으니 이것을 어찌 옳다 그르다 하겠습니까? 더욱이 이미 끝난 일이니 축하하지 않을 수 없습니다.

행여 한번 나를 찾아 주시는 것이 어떻습니까? 긴급히 부탁할 일이 한 가지 있는데, 도모할 일은 남쪽에 있고 돈은 이곳에 있으니 가지고 가서 나를 위해 처리해 주십시오. 오로지 족하를 믿을 뿐입니다. 얼굴 보기를 기다리면서 더 자세히 쓰지 않습니다.

清潭足下 時饋山菜則無妨 僕固有是說矣 足下乃不數月 而竟實其言 豊輸佳蔬 又副之以品茶一包 以益侈之 何也 僕從此愈知爲言之不可易也 第僕邇來頗節酒肴 一月能二十餘日 清座看書而已焉 而遽獲此名山二妙 故雖姑未至於烹服 而其芳臭雅香早若已溫鬱於房室之內矣 向後數月間 定能淡忘肉味 益得自便 何感如之 承審新宅造就 而憶長兪元居之室 不甚弊惡 何不用其費以買田 而遽辦此矣耶 此僕所疑 然自古治産之術 雖在親昵 不能相干 況僕隔遠 其何以議此 況復已逡 不容不賀耳 幸一來見僕 如何 竊有緊急托營一事 而營在南中 資在此間 其携而往 爲我摒擋 專恃吾足下耳 佇俟顔色 不復一一

출전: 『산강재문초』山康齋文鈔

해설 　청담清潭은 권문선權文善의 호이다. 이 편지는 그에게서 산채와 차를 선물받고 감사의 말과 함께 용건을 적어 보낸 글이다. 경진년(1940) 음력 6월에 쓴 것으로, 본문에 나오는 안붕언은 『산강재문초』에 서문을 쓴 인물이다.

오효원 吳孝媛, 1889~?

잡영 雜詠

비 개고 서루에 볕이 드니 흥이 솟는데
울창한 고목은 성곽 모퉁이 둘렀네.
가파른 징검다리 이미 얼어붙었고
저물녘 찬 눈발에 기러기 우는구나.
늦가을에 깊은 대나무 후원 찾아
어버이 모시고 차를 달이네.
버들가지 누렇게 물들고 황매엔 잎이 지니
읊어 내기도 가장 어렵고 그려 내기도 어려워라.

霽景書樓興不孤 扶踈古木繞城隅 危石斷橋氷已合 暮天寒雪雁相呼

晩節行尋幽竹院 高堂坐擁煎茶爐 柳欲舒黃梅欲瘦 最難題詠亦難圖

출전: 『소파여사시집』小坡女士詩集 상편

해설 전체 10수 중에서 여덟 번째 시이다. 대나무 숲 후원에서 부모님을 모시고 차를 마시며 지은 시인데, 그 속에 담긴 정경을 시로 읊기도 그림으로 그리기도 힘들다고 하였다.

오효원 吳孝媛, 1889~?

일당 이완용 판서 댁의 시회에서

一堂李判書(完用)宅詩會

시詩의 주렴 높이 말아 올린 청계천 서쪽 성곽에서
좋은 날을 택일하였으니 흥취 더욱 나누나.
매화비 지나가자 이끼 푸르고
버들바람 살랑여 차 화로에 연기 멈추었네.
석 달 봄빛 가고 봄꿈만 남았으니
삼오월 돌아오면 나그네의 품은 정을 어이할거나.
뒤꼍에 푸른 솔은 봉해진 듯 서 있으니
대부께서 대대로 가문의 명성 뒤흔들리!

詩簾高捲水西城 爲卜良辰興轉生 篆石䈰滋梅雨過 茶爐烟歇柳風輕

九旬春去餘香夢 三五月回奈客情 宅畔靑松封若立 大夫傳世動家聲

출전: 『소파여사시집』 상편

해설　전체 2수 중에서 첫 번째 시이다. 이완용의 집에서 열린 시회에 참석하여 지은 것으로, 그가 가문의 명성을 드높일 것이라 칭송한 내용이다.

오효원 吳孝媛, 1889~?

장안사동에 거처를 정하고 수은 김병호 공과 도원결의하면서 卜宅長安寺洞與殊隱金炳護結桃園之誼

내 마음은 마치 안개에 싸인 버드나무 같으니

봄빛을 두르고 집으로 돌아갈 수 있을까?

동맹의 결의를 복사꽃 밭에서 나누고

떠나는 길에 다시 술과 차를 권하네.

딱하여라! 평소의 뜻은 흐린 마음속에 묻혔고

억지로 시를 지어 보지만 써내기 부끄럽구나.

텅 빈 방 안에 우두커니 앉았노라니

종소리 적막을 깨치고 새소리만 들리누나.

心懷如柳鎖烟霞 遮幕春光到我家 同盟園誼分桃李 更把征鞭勸酒茶

堪憐素志埋塵鏡 强作新詩愧墨鴉 盡日虛堂泥塑坐 鐘聲破寂鳥聲嘩

출전: 「소파여사시집」 중편

해설　장안사동으로 거처를 옮기고, 그곳에서 김병호金炳護와 시사詩社를 맺고 지은 시로 보인다.

오효원 吳孝媛, 1889~?

섣달 그믐날 밤에 除夜有感

밤 깊어 폭죽 소리 드높으니

잇달아 언니 불러 설빔을 다리네.

눈 온 뒤로 봄이 꽁꽁 숨었더니

추위가 등불 앞에서 조금씩 누그러지네.

매화 가지 끝의 그윽한 향은 밤에 더 피어나고

차 화로 곁의 짧은 꿈은 연기와 함께 사라졌네.

칠 할이 번뇌요, 삼 할이 근심이니

내일 아침 허리둘레 한 뼘이나 줄겠구려.

爆竹聲高殘漏永 連呼姐姐熨新衣 春從雪後深深見 寒趁燈前略略微

梅下沁香隨夜動 茶邊小夢伴煙飛 七分懊惱三分恙 明旦腰應減一圍

출전: 「소파여사시집」 하편

해설   오효원은 20대에 약혼했으나 약혼자가 귀국 도중 병사하여 평생을 독신으로 지냈다. 아마도 이 시는 번뇌와 근심이 많던 시절에 지은 듯하다.

오효원 吳孝媛, 1889~?

「완계사」*를 본떠서 擬唱浣谿紗

설렘 들킬까 비단으로 싸 놓으니
울긋불긋 고운 마음 꽃보다 곱네.
초승달 같은 눈썹에 말아 올린 귀밑머리.

조심조심 불러 보아도 못 들은 체 대답 없이
손길 가는 대로 향기로운 차를 달이니
그대의 눈가에 흰 눈물 어리네.

畏洩春心冒襯紗 紅情綠意嫩猜花 宮眉纖月斂鬖鴉

悄悄低呼伴不答 着儂隨手調香茶 曾伊眼角白波斜

출전: 『소파여사시집』 하편

해설　전체 6수 중에서 첫 번째 사詞이다.

• **완계사** 浣谿紗　사詞의 하나로, 전단 7언 3구, 후단 7언 3구로 구성되어 있다.

옥파에게 장난삼아 주다 戱贈玉芭

부러 부끄러운 듯 임을 등지고 앉아
비단옷 벗으려다 다시 머뭇거리네.
가만히 붉은 초를 옮겨 병풍 밖에 놓고
천천히 금비녀 뽑아 베개 곁에 던져 놓았네.
버들같이 가는 허리는 잡기에 너무 부드럽고
복사꽃빛 두 볼은 맡을수록 향기 나네.
차가 끓는 동안 창문 훤히 밝았으니
누가 계집종 시켜 아무도 몰래 나가게 할까?

故作嬌羞背玉郞 羅衣欲解更商量 暗移紅燭歸屛外 斜拔金釵擲枕傍
楊柳細腰攀甚軟 桃花雙臉嗅猶香 烹茶爛熟窓全曙 誰囑丫鬟無跡行

출전: 「지재당고」只在堂稿 권1

해설 '임과 하룻밤을 보내는 광경'을 시로 써서, 옥파玉芭에게 희롱의 뜻으로 준 것이다. 옥파가 누구인지는 미상이다.

무명씨 無名氏

눈 오는 소리 雪聲

사박사박 무슨 소리인가 초당을 맴돌다
섬돌 뜨락을 스치고 담장에도 뿌리네.
밝게 등불에 비치니 차기는 물과 같고
고요히 차 끓이는 소리와 어울려 옥처럼 사락사락.
흥이 나서 벗을 찾아갔던 왕휘지˙ 생각나고
한가로이 학창의鶴氅衣 입으니 왕공˙을 만난 듯하네.
눈에 비추어 책을 읽은 고사를 따라
꼿꼿이 앉아 숙연히 밤을 지새울 이 누굴까.[1]

籟籟何音繞草堂 洒他庭砌又門墻 明分燈影寒如水 静和茶聲積似璜

乘興扁舟思訪戴 涉閑仙氅擬逢王 映書誰學古人事 兀坐肅然夜自長

- **왕휘지** 황현의 시 「이산二山이 소식의 '취성당설' 시에 화운하여 부쳤기에 답시를 쓰다」의 주 참조(이 책 76쪽).
- **왕공王恭** 중국 진晉나라 무제武帝 정황후定皇后의 오빠인 왕공이 학창의를 입고 눈속을 거닐자, 그를 엿보던 맹창孟昶은 그를 신선과 같다고 찬탄하였다.

출전: 『사조』詞藻 제19호

해설 전반 4구에서는 눈 오는 풍경을 섬세하게 그렸고, 후반 4구에서는 눈과 관련된 고사들을 동원하여 눈 오는 밤의 정취를 상상하도록 하였다. 1910년 1월 1일에 발행한 『서북학회월보』西北學會月報에 수록된 것이다(이희목 편저, 『애국계몽기한시자료집』, 성균관대학교대동문화연구원, 2005, 208쪽 참조).

최남선 崔南善, 1890~1957

차 茶

차는 역시 인도 원산의 식물로, 그 어린잎을 따서 물에 넣어 마시는 것도 남방에서 비롯된 풍습이다. 『삼국사기』를 보면, 신라 27대 선덕왕 때에 차가 이미 있더니, 제42대 흥덕왕 3년에 당나라에 갔던 사신 김대렴이 차 종자를 가지고 오거늘, 왕이 지리산에 재배하도록 시켜 이로부터 성행하였다고 하였다. 차는 처음에는 불전에 공양하거나 사찰 내지 상류사회의 일용에 쓰이다가 차차 일반에 보급되어 지금도 지리산 주변 지역 민가에서는 차를 마시는 것이 무엇보다 큰 기호품이 되어 있다.

고려 시대로 내려와서는 차를 마시는 풍습이 더욱 성행하여, 다례가 사찰뿐 아니라 민간의 가묘家廟에서도 행해지게 되었다. 제물에 다식茶食이라는 것이 생기고부터는 점점 전례典禮의 중간 식품이 되고, 한편으로 연다碾茶·전다煎茶 등 이른바 다도가 매우 발전하였으며, 차의 종류에도 유다孺茶·뇌원차腦原茶 등의 품목이 생기게 되었다. 고려의 차와 다도는 북으로는 거란, 남으로는 일본에 모두 영향을 준 것이 있다. 한편 고려 시대에는 송으로부터 오는 예물 가운데 '용봉단'이라는 차가 있어서 아주 소중하게 쓰였다. 차의 풍습은 어떤 이유에선지 이조 이후로는 점점 쇠퇴하고 찻잎의 산지가 호남 전체에 두루 있으나 정제하는 방법이 거의 끊어지게 되었다.

茶는 역시 印度 原産의 식물로서 그 嫩葉을 따서 飲料에 供함도 南方에서 비롯된 풍습이다. 『三國史記』를 據하건대, 新羅 第二七代 善德王時에 茶가 이미 있더니, 第四二代 興德王 三년에 唐에 갔던 使臣 大廉이 茶種子를 가지고 오거늘, 왕이 地理山에 栽培를 시켜서, 이로부터 盛行하니라 하였다. 茶는 처음 佛前의 供獻과 寺院 내지 上流社會의 常用에 쓰이다가 차차 일반에 보급하여 시방도 地理山, 곧 地異山 環居民의 사이에는 喫茶가 무엇보다도 큰 嗜好品이 되어 있다.

高麗時代에 내려와서는 喫茶의 風이 더욱 盛하여, 茶禮는 佛寺로부터 世間의 家廟에도 行하게 되고, 祭物에 茶食이란 것이 생겨서 차차는 典禮의 中間食品이 되고, 일변 碾茶·煎茶 等 이른바 茶道가 매우 發展하였으며, 茶의 種類에도 孺茶·腦原茶 等의 品目이 생기게 되었다. 高麗의 茶와 및 茶道는 北으로 契丹과 南으로 日本에 다 影響을 준 것이 있다. 일변 高麗時代에는 宋으로부터 오는 禮物 가운데 龍鳳團이라는 茶가 있어서 크게 珍重되었었다. 茶風은 어떠한 理由론지 李朝以降으로 漸漸 衰退하고 茶葉의 産이 湖南 一道에 두루 있으되 精製의 法이 거의 끊어지게 되었다.

출전: 『최남선전집』崔南善全集 1 「고사통」故事通

해설　삼국시대와 고려의 차 문화에 대해 언급한 것으로, 차의 원산지를 중국이 아닌 인도로 파악하고 있다는 점이 특색이다.

최남선 崔南善, 1890~1957

도기 | 陶器

임진·정유의 난은 일시적인 군사 행동에 그친 것이 아니라, 문화 유통에 매우 큰 효과를 발휘하였다. 한반도로부터 동쪽으로 전해진 허다한 문물 중에 그 영향이 가장 큰 것이 도기 제조술이다. 일본에서는 진작부터 선종禪宗이 보급되면서 다도가 함께 숭상되어 고아한 주전자·종지 등을 갈구하였지만, 기술이 아직 유치하여 좋은 도기는 항상 조선과 중국에서 구하였더니, 임진왜란에 출정한 장수들이 영남의 도공들을 데려다가 각자의 영지에서 좋은 도기의 산출에 애썼다. 그 결과 특히 규슈의 각지에서 이름난 가마와 진귀한 도기가 점차 출현하기에 이르렀다.

이후로 일본의 유명한 도요지는 모두 한반도에서 건너간 장인이나 그 자손의 항렬에 해당하는 이로부터 나오게 되었다. 가장 재미있는 사실은 사쓰마의 시마즈 씨가 우리 도공 다수를 데려다가 좋은 흙이 있는 곳에 단체로 거주시키고 후대하면서 기어이 이름난 도기를 산출시킨 것이니, 유명한 '사쓰마야키'가 그것이요, 오늘날까지 가고시마 시市 인근의 나에시로가와에는 그 자손들의 거주지가 남아 있어 아직도 신申·이李·변卞·심沈 등 20여 개 옛 성씨姓氏를 전하고 있다.

壬辰·丁酉의 亂은 一時의 군사 행동에 그치는 것 아니라 文化 流通의 上에 퍽 큰 효과를 나타내었다. 半島로부터 東傳한 文物이 허다한 중에 영향의 가장 큰 것이 陶器 製造術이다.

日本에는 진작부터 禪風의 普及과 함께 茶道 崇尙되어서 高雅한 鑵子·鍾子 등이 渴求되지마는, 業術이 아직 幼稚하여 好器는 항상 朝鮮·支那에 仰하더니, 壬亂에 나온 將帥들이 嶺南의 陶工을 데려다가 각기 領內에서 好陶器를 산출하기에 애쓰고, 그 결과로 특히 九州의 各地에서 名窯와 珍器가 次第로 출현하기에 이르렀다.

이로부터 이후의 유명한 窯業은 죄다 半島 工人의 손에서 나왔거나 그 兒孫의 列에 있는 中, 가장 재미있는 사실은 薩摩의 島津氏가 우리 陶工 多數를 데려다가 好土 있는 곳에 團居시키고 厚盛한 대우를 하면서 기어이 名陶를 産出시킨 것이니, 유명한 '薩摩燒'가 그것이요, 시방까지 鹿兒島市의 근처인 苗代川(ナヘシロガハ)에는 그 자손의 居住地가 남아 있어 오히려 申 李 卞 沈 이하 二0여의 舊姓을 전하고 있다.

출전: 「최남선전집」 1 「고사통」

해설　차 문화의 발달과 도기의 관련, 전란이 일본 차 문화에 끼친 영향 등에 대해 언급했다.

최남선 崔南善, 1890~1957

농학은 어떻게 발달하여 나왔습니까

차는 신라 선덕왕 때에 이미 수입되었고, 흥덕왕 3년(828)에는 당나라로부터 종자를 가져다가 지리산에 재배하여 사찰을 중심으로 상당히 넓은 지역에서 유행하였습니다. 그러다가 고려를 지나고 이조에 들어와서는 다업茶業이 쇠미하여 거의 보잘것없게 되었습니다. 순조·헌종 연간에 해남 대둔산 승려 초의 의순이 다도에 마음을 두어 그 재배와 가공에서 모두 묘리를 얻었으니, 다산 정약용·추사 김정희 등이 추대하여 대둔산은 물론이요, 지리산·백양산·선운산 등의 차 이름이 다시 세상에 전파되었고, 이에 따라 해당 지역의 차 생산이 점차 부흥의 길을 밝게 되었으니, 정약용의 『동다기』와 초의의 「동다송」은 조선의 다도 부흥에서 흥미 있는 문헌입니다.

茶는 신라 善德王時에 이미 수입되고 興德王 三년(八二八)에는 唐으로부터 종자를 가져다가 地理山(智異山)에 재배하여 寺院 중심으로 그 유행이 자못 넓다가, 고려를 지나고 이조에 내려와서는 茶業이 쇠미하여 거의 보잘 것 없기에 이르렀더니, 純祖·憲宗의 間에 海南 大芚山 僧 草衣 意恂이 茶道에 留心하여 그 栽培·炮製에 다 묘리를 얻고 丁茶山·金秋史 등의 推挽으로써 大芚山은 무론이요, 智異山·白羊山·禪雲山 등의 茶名이 다시 世에 播傳하도, 거기 따라 各該地方의 茶産이 차차 甦復의 길을 밝게 되니 丁茶山의 「東茶記」와 草衣의 「東茶頌」은 조선에 있는 茶道 부흥상 흥미 있는 문헌입니다.

출전: 『최남선전집』 3 「조선상식문답속편」朝鮮常識問答續編

해설 한국차의 산지로 대둔산·지리산·백양산·선운산을 들고 있으며, 대표적인 문헌으로 정약용의 『동다기』와 초의의 「동다송」을 들고 있다. 이와 관련하여, 최근 정민 교수의 연구에 의해 『동다기』는 정약용이 지은 것이 아니라, 이덕리가 지은 『기다』인 것으로 밝혀져 있다(정민, 『새로 쓰는 조선의 차 문화』, 김영사, 2011, 41~54쪽 참조).

최남선 崔南善, 1890~1957

다식 茶食

'다식'의 뜻에 대해 성호 이익은 설명하기를, "다식은 틀림없이 송대의 대소룡단이 와전된 것이 아닌가 여겨진다. 차는 본래 탕으로 끓이는 것인데, 『가례』에서는 '점다'點茶라고 썼으니, 찻가루를 잔 속에 넣어 끓는 물을 붓고 차솔로 휘젓는 것이다. 지금 제사에서 다식을 쓰는 것을 '점다'라고 칭하고 있으나, 거기에 쓰는 물건이 바뀌어 밤과 배 등을 가루 내어 물고기·새·꽃잎의 형상을 만들어 쓰는 것은 곧 용단이 와전된 것으로 여겨진다"고 하였다. 곧 다식은 다례의 제수요, 다례는 지금처럼 면과麪果로 행하는 것이 아니라 본래는 점다를 하던 것인데, 찻가루를 잔 속에 반죽하는 풍속이 점차 변하여 다른 식물질의 전분 등을 애초에 반죽하여 제수로 쓰고 명칭만은 원래의 것을 그대로 쓰는 것이라는 설명이니, 과연 수긍이 가는 말이다.

용단이라는 것은 봉단과 함께 송대에 만들어진 복건 지방에서 나온 떡처럼 생긴 차 덩어리이다. 당시 조정에 올린 한 해 공물이 40개에 불과하였다고 하는 귀중품으로, 송나라에서 고려로 보내는 예물 가운데 거의 빠지지 않는 물품이었다. 진역震域*에서도 제사에 차를 올린 증거는 『삼국유사』의 곳곳에 보인다.

茶食의 語義에 대하여 星湖 李氏는 說을 세워 가로되 '나는 생각하기를 茶食은 필시 宋朝의 大小龍團의 訛리라 한다. 茶는 본래 煎湯하는 것이로되 『家禮』에는 點茶를 쓰고, 그것은 茶末을 盃中에 던지고 湯水를 붓고 茶筅으로 휘젓는 것이니, 시방 祭에 茶食을 씀은 곧 點茶의 義로서 名을 存하건만 物은 바뀌며 人家에서 栗黃 등을 가루하여 魚鳥花葉의 狀을 만들어 씀은 곧 龍團의 轉訛일 줄로 안다' 하였다. 곧 茶食은 茶禮의 祭需요, 茶禮는 시방처럼 菊果로써 행하는 것이 아니라 본래는 點茶를 하던 것인데 茶末을 盃中에 반죽하는 俗이 차차 변하여 다른 植物質의 전분 등을 애초에 반죽하여 祭需로 쓰고 명칭만은 原初의 것을 仍傳함이리라는 解로서 미상불 수긍되는 말이다.

龍團이란 것은 鳳團과 아울러 宋代에 製出된 福建 지방 産의 餠形 茶塊니 당시 조정에 대한 歲貢이 四○餠에 불과하였다 하는 귀중품이로되, 宋으로부터 고려에 보내는 禮幣 중에는 거의 불가결의 一物이 되었던 것이다. 진역에서도 祭에 茶를 供한 實證은 『三國遺事』의 중에 散見하여 있다.

출전: 「최남선전집」 3 「조선상식」朝鮮常識

해설　다식茶食이라는 말의 유래에 대해 이익의 언급을 빌려와 고찰하고, 이어서 '용단'에 대해서도 설명하였다.

• **진역震域**　『주역』周易 「설괘」說卦에서는 진震을 동방東方이라고 해석하고 있으니, 진방震方은 곧 동방을 뜻한다. 인도에서 중국을 진단이라 별칭하기도 하였으나, 중국과 한국에서는 우리나라의 별칭으로 쓰였다. 발해는 국호를 '진국'震國·'진단'震旦이라 하였으며, 고려 시대에는 '진단' 또는 '진역'震域이라는 용어가 쓰였다. 성종 4년(985)에 송나라 황제로부터 책봉을 받고 특사를 내린 글에서 "책봉이 진역을 빛나게 하였다"라고 썼으며, 『고려사』 권123 「백승현전」에 "마니산 참성단에 임금이 친히 제사를 올리면, 우리나라는 진단의 대국이 될 것"이라는 말이 나온다. 이때 진단은 '동방 아침의 나라'라는 뜻으로 해가 뜨는 동방의 나라라는 뜻이다. '震壇'(진단)이라고도 표기한다. 또 진단震檀은 '동방 단군의 나라'라는 뜻으로 20세기 초에 쓰인 '진단학회'震檀學會가 그 예이다.

의재 허백련 화백이 무등산 햇차를 보내 준 것에 사례하여 謝許毅齊畵伯無等山新茶

의재 화백이 십수 년 동안 거처를 무등산 증심곡*에 정하고 차밭을 가꾸는 일에 힘써 몇 해를 고심한 끝에 그 성과가 차차 드러나고, 금년에 비로소 그곳에서 재배한 햇차 잎을 '춘설'이라 이름 하여 세상에 소개하니, 아름다운 풍미가 고려 이래 천 년 동안 끊어지려 했던 다풍茶風을 거의 부흥시키기에 충분한지라, 감격스러운 나머지 이 작은 글을 올려 그 미래를 축원 드린다.

천고의 무등산이 수박으로 유명하더니
홀연히 증심골 춘설이 새로 고개를 쳐들었네.
우리 백성들 흐린 정신을 행여나 맑게 하여 주소서!

차 먹고 아니 먹는 두 세계를 구분해 보면
부강한 나라로 차 없는 곳을 못 볼레라.
찻잎이 세도와 무관하다 말하는 이 누구인가?

해남 땅 초의 스님과 관악산 아래 완당 노인이
천 리 먼 길 우전차를 미소 지으며 주고받던 일이

• **증심곡證心谷** 광주광역시 무등산 서쪽 기슭의 증심사證心寺 계곡을 가리킨다.

아득한 지난 일이거니, 그 뒤를 그대가 이을런가?

毅齊畵伯이 十數年來로 幽居를 光州 無等山 證心谷에 卜하고 茶圃의 作興에 致力하여 苦心 累世에 成績이 차차 드러나고, 今年에 비로소 그 裁成한 新茗葉을 '春雪'이라 名하여 써 世에 問하니, 佳絶한 風味가 高麗 以來 一千垂絶의 茶風을 庶幾復興하기에 足한지라, 感餘에 이 小篇을 贈하여 써 그 將來를 祝한다.

千古의 無等山이 수박으로 有名터니
홀연히 證心 '春雪' 새로고개 쳐들었네
이백성 흐린 精神을 행여맡겨 주소서.

차먹고 아니먹는 두 世界를 나눠보면
富盛한 나라로서 茶없는대 못볼러라
茗葉이 無關世道라 말하는이 누구뇨.

海南邊 草衣釋과 冠岳山下 阮堂老가
千里에 雨前茶로 微笑주고 받던일이
아득한 往年事러니 뒤를그대 잇는가.

출전: 『최남선전집』 5 기타

해설 허백련許百鍊이 증심사 계곡에 차밭을 일군 사실을 두고, 그가 초의와 김정희를 이어 한국 차 문화의 계승자가 될 것이라고 축하하였다. 또 무등산이 당시에 이미 수박으로 이름이 나 있었음을 알 수 있다. 원래 『한국일보』 1956년 10월 24일 자에 실린 시조이다.

최남선 崔南善, 1890~1957

백양산*의 차나무 군락지 茶樹의 簇生

돌층계는 점점 급해지고 돌 부스러기는 더욱 많이 길에 깔려서 비로봉을 오르는 초입과 같다. 큰 나무 틈새, 자갈돌 바닥에 차나무가 무리를 이루어 자라는데, 불그레 파릇한 새싹이 조금 있으면 딸 수 있을 것 같다. 인근에도 차가 자라는 곳이 많고 지리산은 차의 본산지이지만, 향기나 맛 어느 면에서나 이곳 백양산에서 나온 것이 이 지역에서 제일이라고 한다. 한 등성이 너머 구암사에서 나는 것만 해도 매우 손색이 있다고 한다. 돌밭, 대밭, 단단한 땅에 이아쳐 자란 놈이라야 좋고, 또 햇살이나 기후 등 여러 환경이 이곳만큼 좋은 곳이 없기 때문이라 한다. 틈새 없이 그득하게 자란 산죽山竹은 별로 소용 있는 것 아니요, 걸음 걷는 대로 발바닥에 박혀서 괴롭기 그지없는 자갈돌도 우리의 피로와 근심을 씻어 내도록 아름다운 맛과 좋은 향기를 찻잎에 젖어 들게 하는데 필요불가결한 사물임을 생각하면, 천지간에 과연 무엇을 필요 없는 물건이라고 할 수 있을지 모를 일이다.

돌사다리는 더욱 급하고 돌부스러기는 더욱 많이 길에 깔려서 毘盧峰을 오르는 初入과 같다. 큰 나무 틈, 자개돌 바닥에 茶나무가 簇生하였음을 보는데, 불그레 파릇한 새싹이 조금하면 따게 될 것 같다. 이 근처에도 茶 나는 데가 많고 智異山은 茶의 본산지가 되지마는 香味 무엇으로든지 白羊山 여기 所産이 域內에 제일이라 한다. 한 등성이 넘어 龜岩寺 所産만 하여도 매우 손색이 있다 한다. 돌밭·대밭, 단단한 땅에 이아쳐 자란 놈이라

• **백양산白羊山** 전라남도 장성군 북하면과 전라북도 순창군 복흥면에 걸쳐 있는 산.

야 좋고, 또 광선·절후 기타의 관계가 여간만 한 適土가 없기 때문이라 한다. 틈 있는 데는 남기지 아니하고 그득하게 난 山竹은 별로 소용 있는 것 아니요, 걸음 걷는 대로 발바닥에 박혀서 괴롭기 그지없는 자개돌도 우리의 피로와 憂惱를 蕩滌하도록 佳味와 異香을 茶葉에 薰漬함에는 필요 불가결할 一物임을 생각하면, 천지간에는 무엇이 廢物이랄지 모를 것이다.

출전: 「최남선전집」 6 「심춘순례」尋春巡禮

해설 백양산은 차의 산지로는 많이 알려져 있지 않으나, 최남선은 이곳의 차가 향기나 맛으로 지리산의 차보다 낫다고 하였다.

최남선 崔南善, 1890~1957

차의 명절

곡우에 관한 중국 민속 중에서 산동성 풍속으로 '곡우일에 지네·도마뱀·전갈·뱀·개구리 등 다섯 가지 독충의 부적*을 그려서 각 그림에 한 번씩 바늘을 찌르고, 간행 배포하여 집집마다 붙여 두어서 독충을 물리친다'라는 것이 있다. 또 『채관부시화』蔡寬夫詩話에 "공물 차는 곡우일에 다사茶使를 임명하여 파견한다. 차가 오면 관례대로 종묘에 올리고 신하들에게 하사한다. 차 가운데 가장 좋은 것은 사일社日* 전에 만든 것이고, 그다음은 금화禁火* 이전에 만든 것이고, 마지막이 곡우 전에 만든 것이니, '곡우전'穀雨前이라고 한다"고 하였다. 또 고계高啓의 시에 "곡우 전에 일찍 차를 따고, 매화 피는 이른 봄에 약초 심느라 겨를 없네"라고 하였다. 이처럼 중국에서는 곡우일이 차의 명절에 들어 있다.

穀雨에 관한 支那의 民俗에는 靑齊風俗의 '穀雨日 畫五毒符 圓蝎子蜈蚣蚖蜂蛾之狀 各畫一針刺之 刊布家戶帖之 以禳蟲毒'이라 함 같은 것이 있고, 또 蔡寬夫詩話에 貢茶

• **다섯 가지 독충의 부적** 개구리, 지네, 도마뱀, 전갈(또는 거미), 뱀을 오독五毒이라고 하고, 이 다섯 가지 독충의 도안을 이용하여 만든 주머니를 '오독부'五毒符라고 하는데, 단오절에 어린아이에게 차도록 하여 악마를 쫓는 풍습이 있었다.

• **사일社日** 입춘과 입추 후 다섯 번째의 무일戊日로 하늘에 제사 지내는 날이다. 봄 제사[春社]와 가을 제사[秋社]가 있는데, 여기서는 봄 제사를 지내는 3월 17~26일 사이에 해당한다.

• **금화禁火** 한식(4월 5~6일)이 되면 일정 기간 불의 사용을 금하며 찬 음식을 먹는 풍습이 있는데, 불을 금했기 때문에 '금화'라고 한다.

以穀雨日 拜使遣行 貢到如前薦賜 茶之佳者造在社前 其次火前 下則雨前 謂之穀雨前
이라 하고, 高啓詩에 穀雨收茶早 梅天趙藥忙이라 한 것처럼, 支那에서는 穀雨가 茶의
名節로 들렸다.

출전: 『최남선전집』 9 『민속』

해설　곡우는 봄비가 백곡百穀을 윤택하게 한다는 뜻의 24절기 중 하나로, 대개
4월 20일경에 해당한다. 이날이 사일社日과 금화禁火를 거쳐 한해의 차 수확을 마무
리하는 '차의 명절'임을 말하였다.

이병기 李秉岐, 1892~1968

새벽

.

돋는 새벽빛에 窓살이 퍼러하다.
白花藤 香은 牀머리 떠돌고
꾀꼬리 울음은 잦아 여윈 잠도 잊었다.

松火 누른 가루 개울로 흘러오고
돌담 한 모르에 시나대 새순 돋고
茶밭엔 다잎이 나니 茶나 먹고 살을까.

출전: 「난초」

해설 1950년대 초, 차나무가 야생으로 자라던 전주시 오목대梧木臺 밑 양사재養士
齋에 기거하면서 지은 것이라고 전한다(『차문화연구지』 제14권, 한국 차문화연구소,
2006, 181쪽 참조).

박종화 朴鍾和, 1901~1981

내무재 고개* 內霧在嶺

한낮이언만
어리친 강아지새끼 한 마리도 없는
탕 비인 茶亭에
우리는 깨어진 차종으로 雀舌차를 기우린다.
더웁지도 않고 차지도 않은 밍등그르르한 차맛.
파파 센 머리로 외롭게 차ㅅ집을 지키는
할망구같이 을시년 스럽다.
호랑이 무섭지 않소? 하는 물음에
할망구는 주름 잡힌 쪼그라진 얼굴을 해죽이 웃으며
멀리 건너편 山神堂의 걸림*을 가리친다.
信仰에 사는 마음
茅屋 한간과 같이 호젓하구나.

출전: 「청자부」靑磁賦

• **내무재 고개** 강원도 내금강 비로봉 구역 일출봉과 차일봉 사이 마하연에서 유점사로 가
는 길에 있는 고개.
• **걸림** 걸립乞笠의 오기이다.

해설 전체 3수 중 두 번째 시이다. 내금강 고갯길에 있던 다정茶亭에서 작설차를 마시며 늙은 여주인과 나눈 대화를 배경으로 지었다.

박종화 朴鍾和, 1901~1981

달밤에 차를 끓이며 月夜煮茗

책 덮고 팔짱 끼니 맑은 밤 차고 길다.
이웃은 고요한데 등불 단 하나.

단꿈 꾸는 머슴애 깨기 어려워
물 길어 차 끄리러 우물로 가네.

채쳐진 두레박 줄 우물에 드니
출렁출렁 밤우물 노래 부른다.

물 한박 가득 길어 돌아오랴니
차디찬 달 한 조각 물 밖에 떴다.

출전: 「청자부」

해설 달밤에 책을 보다 차를 마시려고 우물에서 물을 길어 오는 정경을 묘사했다.

이은상 李殷相, 1903~1982

전남 특산가

무등산 작설차를 곱돌솥에 달여 내어
초의 선사 다법茶法대로 한 잔 들어 맛을 보고
또 한 잔은 빛깔 보고 다시 한 잔 향내 맡고
다도를 든노라니 밤 깊은 줄 몰랐구나.

출전: 미상

해설　전체 26수 중 스물세 번째 시조이다. 1952년 봄, 임시 수도 부산의 외교구락부에서 전남 특산품 전시회를 개최하였는데, 이때 호남신문사 사장이던 이은상이 지은 것이다. 당시 전남의 26가지 특산품 중 하나로 무등산 작설차를 꼽았음을 알 수 있다. 출전이 미상이나, 창작 시기와 동기가 분명한 점을 고려하여 실었다.

고유섭 高裕燮, 1905~1944

도자陶瓷와 다도茶道

일반 도자는 다른 종류의 그릇들과 마찬가지로 일상 용구로서 발생하고 발달한 것이어서, 청자靑瓷라고 해서 예외가 될 수 없음은 말할 것도 없다. ……일반적으로 도자陶瓷의 발전이 실용에 근거를 두었다고 해도 그것이 감상의 대상이 되는 한, 미술적·예술적 뜻이 그 뒤에 배경으로서 느껴져야 할 것이다. 실용적인 의도를 쉽게 잊어버리고 미술적·예술적 의의를 적극적으로 찾으려 하는 것은 서양식 감상법이고, 실용과 예술 의사가 혼연일체 되어 있는 것은 동양의 독특한 감상법이라 한다. 이 동양의 감상 태도를 더욱 굳게 하는 것은 말할 것도 없이 동양의 독특한 다도茶道에의 이해이고, 다도야말로 도자의 동양적 감상법의 유일한 길이라고 한다. 이당李唐의 시인 육우陸羽가 다도를 통하여 도자를 평정評定하고 있는 것은 유명하지만, 고려인도 다도를 통하여 도자를 애상愛賞하고 있었다. ……이 다茶의 미美는 색色, 향香, 미味에 있다고 한다. 그리고 이것을 살리는 것은 도자이다. 도자는 오감五感으로 총괄적으로 감상해야 하는 것이라고도 한다. 돌솥에서 끓는 다탕茶湯의 소리에서 송뢰松籟의 소리를 들으면서도, 더욱 감각의 경지를 초월하여 화적和寂의 경境에 들려 한다. '화적의 경'이란 즉 종교적 경지이고 다도는 선禪과 부합된다. 선은 다도에 의하여 볼 수 있고 다도는 선에 의하여 생각할 수 있다. 청자는 즉 선에 의하여 볼 수 있지 않을까.

출전: 「고려청자」 「청자의 감상」

해설　실용과 예술이 혼연일체가 된 동양적 감상법의 대표적인 사례로, 도자와 다도의 관계를 말하였다. 이 책의 원출전은 일본 호운샤寶雲舍에서 1939년에 간행한 『朝鮮の靑瓷』인데, 여기서는 『고려청자』(삼성문화재단, 1977)를 참조하여 수정하였다.

쌍계사의 예쁜 다모茶母

지리산 쌍계사(하동군 화계면) 앞 절 마을에는 연전까지만 해도 우리나라
고유의 다정茶亭이 있었다. 그 화사한 모습이 유난히 닮은 모녀가 다모
茶母 노릇을 하고 있었다. 거친 질그릇으로 된 다탕기茶湯器를 딸이 들
고 들어오면 어머니는 그동안 두 손바닥의 따스함으로 덥히고 있던 질
그릇 찻잔에 작설차를 따라 준다. 마시는 족족 첨잔하는 품이 친절하
기 이를 데 없었다. 이 다모녀茶母女가 끓이는 차 맛은 곧 스님들 사이
에 널리 알려져 구하 스님, 효봉 스님 등 고승들이 각기 자기의 절로
이 다모녀를 불러 그 전다煎茶를 마시곤 하였을 정도로 일미였던 모양
이다.

이조 5백 년 동안 한국의 다습茶習은 궁중과 절에서 겨우 명맥을 이어
왔던 것이다. 한데 개화기에 들어 두 가지 양상을 띠고 이 다습이 민간
으로 번져 나갔다. 그 하나는 갑오경장 이후 궁에서 해방된 궁녀들이
몸에 배인 음다飮茶의 습성을 고스란히 전파시킨 것이다. 그리하여 안
손님에게는 전다로 대접하는 풍조가 있었는가 하면, 서울 무학재 밖
홍제원弘濟院에는 직업적인 다방이 생겨나 서북西北서 걸어오는 안손
님들의 휴식처 구실을 하였다. 다른 하나는 자동차가 다니면서부터 절

구경이 유행했고, 절 구경 가는 사람들에게 절에서 차를 대접함으로써 전파되었다. 어느 절 전다가 좋더라는 소문을 따라 시주의 양이 줄고 늘었으며, 이에 따라 절에서는 전다에 신경을 쓰게 되었다. 그리하여 사촌寺村에 다방茶房까지 생기게 되었던 것이다.

더욱이 신라 시대에 이미 재배를 시작했던 지리산차는 한국차의 본산本山이다. 그 차가 야생화野生化하여 이내 쌍계산 화엄사를 비롯, 지리산 산사에서는 사재寺財의 일부를 그 차에서 얻어 왔다. 이렇게 쌍계사의 사촌에 다정이 남아 있을 만한 이유는 충분했다.

출전: 『개화백경』開化百景 5

해설　『개화백경』은 1969년에 간행된 것으로, 이 책의 수록 범위에는 다소 벗어나는 것이지만, 개화기의 풍속을 전하고 있다는 점에서 수록하였다. 특히 여기에서는 사찰 주변의 음다 풍속과 관련하여 쌍계사의 다모에 얽힌 일화를 소개하고 있다.

허許 옹의 차례 혁명

'차례茶禮를 지낸다'는 말이 있다. 제사 때 또는 명절 삭망 때, 혼례 때 음식상을 차려 놓고 예를 올리는 것을 그렇게 말한다. 물론 차를 끓여 놓고 예를 올리는 것은 아니다. 임진란 중 의주에 피난한 선조가 명사明使를 접견할 때마다 차례를 올렸다 하였고, 병자란 후 인질로 갔던 소현세자를 호행護行한 청장淸將에게 차례를 올렸다 하였으며, 고종 때 기록에도 청사淸使에게 차례를 올렸다 하였다.

여기에서 말하는 차례는 다만 차를 대접하는 간단한 그런 향응이 아니라 호화로운 큰 잔치를 뜻했다. 우리 한국 사람들이 큰돈을 주면서도 촌지寸志니 소의小意니 하는 문자를 쓰고 자기 자신을 말할 때 소생小生, 불초不肖 등으로 낮추어 말하는 겸손의 표현과 같이 큰 향연을 '차례'란 말로 조그맣게 표현한 것뿐이다.

다담상茶啖床이라 함은 지방 관아에서 감사나 사신에게 올리는 최상의 성찬이다. 한데 그 표현은 '차를 씹는다'는, 음식 가운데 가장 쑵쓸한 조찬粗饌의 말로 표현하였다. 갑오경장 이전까지 검찰청이랄 사헌부에서는 다시茶時라 하여 매일 한때 회좌會座하여 합의를 보는 제도가 있었다. 물론 이 다시에는 다상茶床이 나오는 것이 아니라 거창한 교자상이 들어오게 마련이었다.

광주 무등산에서 다원茶園을 가꾸며 여생을 보내고 있는 동양화가 허백련 옹은 신라·고려 시대에 지녔던 본뜻의 차례가 이로 부흥된다는 것은 곧 몇 천 년대의 생활 혁명이 될 것이라고 차례 혁명을 역설하고 있다. 모든 의식도 차를 바치고 또 차를 나누어 먹는 것으로 간소화하고, 관리가 오면 본뜻의 '차담상'으로 대접하고, 도백道伯이 와도 본뜻의 차례로 대접할 수 있는 날, 한국은 좋은 나라가 될 것이라고도 말하고 있다.

출전: 「개화백경」 5

해설 앞서 나온 최남선의 「의재 허백련 화백이 무등산 햇차를 보내 준 것에 사례하여」에 나오는 허백련의 '차례 혁명'을 소개한 글이다. 여기서 차례 혁명이란 호화로운 성찬과 향응을 대신하여 각종 의식과 접대에 간소한 다례 문화를 실현하자는 것이다.

차 민요

경남 양산군 하북면 1

영축산록 자장골에
자장율사 따라왔던
자장암의 금개구리*
차씨한알 토해주소
우리딸년 시집갈때
봉채집에 넣어주어
떡판같은 아들낳게
비나이다 비나이다
그문중에 꽃이되고
이가정에 복을주소
점제하려 비옵니다

출전: 『한국차학회지』 제1권 제1호

해설 이 노래는 1957년 4월, 양산군 통도사 위쪽에 위치한 자장암 계곡에서 나물 캐는 아낙네로부터 채록한 것이다. 어머니가 봉채집에 차씨를 넣어 주어 딸이 복스러

• **자장암의 금개구리** 자장암은 신라의 자장 율사가 영취산(영축산)에 통도사를 짓기 전에 수도하던 암자이다. 전설에 의하면 자장 율사가 암자에서 수도하고 있을 때, 두 마리의 개 구리가 암벽의 석간수를 흐리게 하므로, 율사가 신통력으로 석벽에 구멍을 뚫어 개구리를 그곳에 들어가 살게 하였다고 한다.

운 아들을 낳기를 바라는 마음을 노래한 내용이다. 이곳에는 자장 율사가 중국에서 귀국할 당시 차 종자를 가져와서 심었다는 차나무 전래설이 있고, 부처님께 공양하기 위해 차나무를 재배하였다는 공다리貢茶里, 다촌茶村이라는 지명이 전하며, 야생 차 나무가 군락을 이루어 자생한다(김기원, 「한국의 차민요 조사」, 『한국차학회지』 제1권 제1호, 한국차학회, 1995, 85~86쪽; 정영선, 『다도철학』, 너럭바위, 2010, 247쪽 참조).

경남 양산군 하북면 2

둥개둥개 두둥개야
금자동아 은자동아
천리금천 내새끼야
자장암에 금자동아
영축산록 차약일세
좀티없이 자라나서
한양가서 장원급제
이낭자의 소원일세
비나이다 비나이다
부처님전 비나이다

출전: 『한국차학회지』 제1권 제1호

해설 앞의 노래에 이어지는 두 번째 민요이다. 아이가 영취산의 차약茶藥을 마시고 잘 자라 장원급제하기를 부처님께 비는 내용이다.

경남 하동군 화개면

칠불밑에 자란작설
아침마다 군불숯불
이리저리 긁어모아
무쇠솥을 올려놓고
곡우작설 숨을죽여
세번째로 기를죽여
네번째로 진을죽여
다섯째로 색을올려
여섯째로 맛을내어
일곱째로 손질하여
여덟째로 분을내어
아홉째로 향을익어
조목조목 나누어서
봉지봉지 담아놓고
아자방*에 스님내요
한잔먹고 깨치소서
두잔먹고 도통하소
석잔먹고 신선되소
자나깨나 정진하소

• **아자방亞字房**　칠불암의 승방 이름. 서산 대사가 좌선한 곳이자 1828년 대은 선사가 율
종을 수립한 곳이다.

해설　이 노래는 1957년 하동군 화개면 범왕리에 사는 백씨 노인(당시 76세)으로부터 채록한 것이다. 전체 2수 중 두 번째 민요로, 차를 덖어 색을 내고 손질하여 칠불암 아자방 스님께 올린다는 내용이다(김기원, 「한국의 차민요 조사」, 86~88쪽 참조).

경남 하동군 화개 장터 1

선동*골이 밝기전에
금당복수* 길어와서
오가리에 작설넣고
참숯불로 지피어서
꾸신내가 한창날때
지리산에 삼신할매
허고대에 허씨할매*
옥고대에 장유화상
칠불암에 칠왕자님*
영지못에 연화국사

- **선동 仙洞**　경남 하동군 화개면 선동리의 지명.
- **금당복수 金堂福水**　쌍계사 금당 밑에 있는 석간수石間水를 가리킴.
- **허씨할매**　가락국 김수로왕의 비, 허 황후를 가리킨다. 본래 인도 아유타국의 공주로 가야에 와서 왕비가 되었으며, 김해 허씨의 시조가 된다.
- **칠불암에 칠왕자님**　칠불암은 가락국 김수로왕의 일곱 왕자가 암자를 짓고 수행하다가 8월 보름날 밤에 성불했다는 전설이 전해지는 곳이다.

아자방에 도통국사

동해금당 육조대사

국사암에 나한동자

조사전에 극기대사

불일폭포 보조국사

신선동에 최치원님

쌍계동에 진감국사

문수동에 문수동자

화개동천 차객들아

쌍계사에 대중들아

이차한잔 들으소서

출전: 『한국차학회지』 제1권 제1호

해설 전체 3수 중 두 번째 민요이다. 이 노래는 1958년 5월 화개 장터 김씨 무당 할머님(당시 78세)으로부터 채록한 것이다. 그 내용은 쌍계사 금당 석간수를 길어다가 지리산 삼신할매부터 화개골을 거쳐간 고승, 쌍계사의 스님과 객까지 차 공양을 올리겠다는 것이다(김기원, 『한국의 차민요 조사』, 88~89쪽 참조).

경남 하동군 화개 장터 2

강남갔던 제비오고

겨울잠깬 논개구리

섬진강에 보리피리

봄왔다고 모셨심더
님왔다고 모셨심더
작설났다 모셨심더
이리저리 돌봐주소
가정마다 행복되게
관제구설 막아주소
아들딸을 잘자라게
어른들은 건강하게
골짝마다 풍년되게
화개장터 열린장날
웃고팔고 웃고사게
점지하여 주옵소서
비나이다 비나이다
엎드려서 비나이다

출전: 「한국차학회지」 제1권 제1호

해설　앞의 노래에 이어지는 세 번째 민요로, 가정의 안녕을 기원한 것이다.

김해시 다전동

다전리에 봄이오면
삼월이라 삼진날에
다전리에 햇차따서

만장샘에 물을길어

어방산에 솔갈비로

밥물솥에 끓인물에

제사장님 다한정성

김해그릇 큰사발로

천겹만겹 우려내어

장군차*로 올릴까요

죽로차*로 올릴까요

바리바리 차립니다

나라세운 수로왕님

십왕자의 허왕후님

가락국가 세운은혜

이차한잔 올립니더

합장하고 비옵니다

김해사람 복받으소

잘못한일 점지하소

출전: 『한국차학회지』 제1권 제1호

해설　이 노래는 김해시 다전리茶田里와 동산초등학교 운동장 서남쪽 옛 도요지 부

• **장군차將軍茶**　김해시 다전동에서 생산된 차의 이름. 다전동은 고려 말 원나라 군사가 일본을 치기 위해 주둔한 곳으로, 충렬왕이 여기서 생산되는 차를 '장군차'라고 명명하였다고 한다. 『한국의 차 문화 천년 1』에서 허훈의 「금강령차」와 이종기의 「금강령차」에도 장군차에 관한 언급이 있다.

• **죽로차竹露茶**　앞서 나온 최영년의 시 「죽로차」 참조(이 책 89쪽).

근의 참새미골 이씨 노인(당시 78세)으로부터 채록한 것이다. 구전에 의하면 이곳에는 가야국 김수로왕의 종묘 제례에 제물로 사용하는 차를 공급하는 차밭이 있었다. 이곳에서 생산된 차를 고려 때에는 황차黃茶 혹은 장군차將軍茶라고 불렀다. 이 노래는 다전리에서 햇차를 딴 후 만장산의 샘물을 길러 김해 찻사발에 담아 헌다하는 내용으로, 김해 김씨 제사 때 불리는 제문 겸 민요이다. 차밭과 도요지가 함께 분포한 것을 보면 김해가 차를 생산하는 곳일 뿐만 아니라 다완을 생산하는 곳이었음을 알 수 있다(김기원, 「한국의 차민요 조사」, 90~91쪽, 참조).

전남 화순군 쌍봉사

님아님아 우리님아
논갈이는 못하거던
차약이나 따러가소
내일아침 애비생일
쌍봉사절 부처님께
동산위에 해돋기전
차약올려 빌고싶네

출전: 「한국차학회지」 제1권 제1호

해설 이 노래는 쌍봉사 입구의 농사짓는 할머니(당시 76세)로부터 채록한 것이다. 햇차를 따서 쌍봉사 불전에 올리고 가정의 평안을 빌겠다는 내용이다(김기원, 「한국의 차민요 조사」, 91~92쪽 참조).

경남 밀양군 표충사 1

새는새는 나무자고
님은님은 품에자고
우리님은 어디잘노
새혀닮은 작설잎은
선비품에 잠을자네

출전: 『한국차학회지』 제2권 제2호

해설 이 노래는 표충사 계곡에서 삼베 짜는 이씨 할머니(당시 70세)로부터 채록한 것이다. 표충사 주변에는 야생 차나무가 넓은 면적에 자생하고 있다(김기원, 「한국의 차민요 조사Ⅱ」, 『한국차학회지』 제2권 제2호, 한국차학회, 1996, 191쪽, 참조).

경남 밀양군 표충사 2

샛별보고 농사짓고
이슬밭에 차잎따는
저아가씨 손을보소
낭군님은 어디두고
낮늦도록 차잎따노
아랑다랑 빠른손끝
한잎한잎 따는재미
소복소복 상사디여

해설　앞의 노래에 이어서 표충사 계곡의 또 다른 곳에서 채록한 것이다(김기원, 「한국의 차민요 조사Ⅱ」, 191쪽 참조).

함양군 시천면 상운암

취기나 칭칭나네 —
여보소— 작설 한 사발 들어보소!
우리가 무슨 재미로 살아가노
후— 하하 에헤라— 좋구나
우리가 사는 것은 서로 인연줄 재미가 아니요!
여러분! 살아가는 줄소리 한 번 들어보소

열살 줄은 서로 멋모르는 재미로 살고
스무살 줄은 서로 좋아하는 재미로 살고
서른살 줄은 서로 눈 코 뜰새없는 재미로 살고
마흔살 줄은 사랑맛 아는 재미로 살고
쉰살 줄은 아들딸 결혼시키는 재미로 살고
육쉰살 줄은 손자 재롱 하는 재미로 살고
일흔살 줄은 서로 등 긁어주는 재미로 살고
여든살 줄은 서로 가엽다는 재미로 살고
아흔살 줄은 서로 죽는날 기다린 재미로 살고

여보소! 우리 인생은 일장춘몽 아흔줄에 묶였구려

지리산 신선 작설이나 마셔 백년장수나 하여보세

우리인생 사는 방법 작설 줄로 풀어보세

출전: 「한국차학회지」 제2권 제2호

해설　이 노래는 상운암 근처 화전민 박금술(당시 76세)로부터 채록한 것이다. 부부 사이의 열 살부터 아흔 살까지 인생의 재미들을 고뇌와 함께 풀어 놓았다(김기원, 「한국의 차민요 조사Ⅱ」, 191~192쪽 참조).

부산시 동래구 온천동

동지섣달 긴긴밤에

작설없어 못살겠네

삼사월의 긴긴해에

작설따는 그재미는

차밭꼴이 제일이네

얼씨구나 좋을씨구

지아자아 좋을씨구

출전: 「한국차학회지」 제2권 제2호

해설　이 노래는 1957년 3월 동래구 금강공원 차밭골 무당바위 밑에서 단무지 할머니(당시 66세)로부터 채록한 것이다. 이곳에는 야생 차나무가 곳곳에 군락을 이루고 있어 일본인이 가꾸었다고 한다(김기원, 「한국의 차민요 조사 II」, 192~193쪽 참조).

경주시 양북면 호암리

눕었으니 잠이오나
앉았으니 임이오나
임도잠도 아니오네

늙은영감 차마시고
산스님은 염불하고
늙은과부 한숨짓고
젊은과부 도망가고

옹기쟁이 물레빚고
한실댁은 작설따네

출전: 「한국차학회지」 제2권 제2호

해설   이 노래는 1972년 호암리 기림사祗林寺 위쪽에 사는 김 도사로부터 채록한 것이다. 인근에 있었던 감로사甘露寺는 차의 유적지로 알려져 있다(김기원, 「한국의 차민요 조사 II」, 193쪽 참조).

강진군 월암면 월암리

월출산뫼 신선들은
작설잎을 따서모아
질구질구 매를쳐셔
주먹주먹 떡차빚어
청자가마 숯불집혀
이리저리 구워내세

출전: 『한국차학회지』 제2권 제2호

해설 이 노래는 1961년 4월 월암사지 근처 농부로부터 채록한 것이다. 이곳은 예로부터 찻잎을 동이 호박에 쳐서 밤알 크기로 뭉친 다음, 청자 가마에 굽거나 발효시켜 만든 떡차가 유명하였다. 또 인근에는 태평양 다원이 있다(김기원, 「한국의 차민요 조사Ⅱ」, 194쪽 참조).

고흥군 고흥반도

신작로— 복판에는 하이야가 놀고요
하이야 복판에는 신랑 신부가 논다
아리아리랑 스리스리랑 아라리가 나아네
아리랑 고개를 넘어간다

뒷집에 저 처녀는 그네위에 놀고요

정자집 선비는 작설밭에 논다
아리아리랑 스리스리랑 아라리가 나아네
아리랑 고개를 넘어간다

한실골 사기쟁이는 흙물레에 놀고요
우리집 저 문둥이는 옹기쟁이로 논다
아리아리랑 스리스리랑 아라리가 나아네
아리랑 고개를 넘어간다

출전: 『한국차학회지』 제2권 제2호

해설   이 노래는 고흥반도 청자 폐도요지 근처에서 채록한 것이다. 인근 승가사의 뒷산에는 차나무가 군락을 이루고 있다고 한다(김기원, 『한국의 차민요 조사 II』, 194쪽 참조).

남해군 대사면 대사리

무정하다 무정하다
오라비가 무정하다
벌꿀작설* 한잔주소
나도커서 어른되면
옛말하고 그공할꽤

• **벌꿀작설**   작설 찻가루에 벌꿀을 넣어 반죽하여 발효시킨 것.

해설   이 노래는 1958년 3월 대사리에 사는 박씨 할머니(당시 76세)로부터 채록한 것이다. 할머니의 전언에 따르면, '하동군 신흥골에 사는 사촌 오빠가 해마다 벌꿀에 작설잎을 넣어 벌꿀작설을 만들었고, 이것을 언제나 혼자만 먹었다. 그래서 여동생이 욕심쟁이 오빠를 원망한 내용'이다(김기원, 「한국의 차민요 조사Ⅳ」, 『한국차학회지』 제 4권 제2호, 한국차학회, 1998, 48쪽 참조).

남해군 이동면 두모랑

알리러 가세 그님의 소식
전하러 가세 이 서린 마음
미조리 늪에 봄뜻 오시니
횃불 밝히며 알리러 가세
금산 석벽에 작설잎 보소
동지섣달에 작설싹 보소
한잎 따서는 감탕에 담고
또 한잎 따서 내품에 안고
이슬 감로로 달인 햇차를
삼신단위에 올려놓고서
금산산신님 남해용왕님
나라세우신 태조님이여
두손 모아서 빌옵니다
이내 한 소원 들어주소서

해설 이 노래는 1958년 12월 두모랑頭帽浪 금산錦山 아래에서 강씨 할머니(당시 81세)로부터 채록한 것이다. 삼신의 제단에 차를 올리고 산신과 용왕과 태조에게 소원을 비는 내용이다(김기원, 「한국의 차민요 조사Ⅳ」, 49쪽, 정영선, 『다도철학』, 너럭바위, 2010, 232쪽 참조).

남해군 이동면 다정리

흉년이— 더는 해는
가난한— 살림살이
밥상위 토 장아찌
꿀맛이 따로 없네
늙은부모 고기생각
사랑방은 작설생각
근면함이 재산이라
농사밖에 또있는가

해설 이 노래는 다정리 다촌 마을회관에서 한 할머니로부터 채록한 것이다. 농사 짓기에 힘쓰자는 농요 가운데 한 구절이다(김기원, 「한국의 차민요 조사Ⅳ」 50쪽, 참조).

남해군 이동면 용문사

용문사의 사천왕님
날가도록 대문여소
시어머니 눈을피해
소원대로 차려심더
무쇠작설 끓어심더
미륵님께 비나이다

애달프다 다촌때기
가문좋다 자랑말라
서방좋다 자랑말라
이씨가문 장손되게
떡판같은 아들소원
비나이다 비나이다
이소원이 성취되게
감로작설 올리오니
미륵님의 코끝주소
미륵님께 비나이다

출전: 『한국차학회지』 제4권 제2호

해설　이 노래는 용문사의 미륵전을 관리하는 김씨 할머니로부터 채록한 것이다. 미륵부처님께 감로작설을 올리고 아들 낳기를 비는 내용인데, 부처님 코를 긁어 그 가루를 작설차에 타서 마신다고 한다(김기원, 「한국의 차민요 조사Ⅳ」 50~51쪽 참조).

함양군 마천 지리산 골짜기

초엽 따서 상전께 주고
중엽 따서 부모께 주고
말엽 따서 남편께 주고
늙은 잎은 차약 지어
봉지봉지 담아두고
우리 아이 배 아플 때
차약 먹여 병 고치고
무럭무럭 자라나서
경상감사 되어주오

출전: 『한국 차문화』

해설　'차약 茶藥'이라는 용어에서 볼 수 있듯이, 민가에서는 차를 약으로 많이 마셨음을 알 수 있다(정영선, 『한국 차문화』, 너럭바위, 2007, 60쪽 참조).

산청군 삼장면 고령토 광산

무름댕이 처녀는
문배장사로 나간다
우두牛頭의 처녀는
참배장사로 나간다
동네구동同內九洞 처녀는

차약茶藥장사로 나간다

마동馬洞의 처녀는

옹기장사로 나간다

산천 금랑 처녀는

공단장사로 나간다

뽕밭 처녀는

명주장사로 나간다

옹달샘집 처녀는

막걸리장사로 나간다

출전: 「한국 차문화」

해설 이 노래는 고령토 광산을 중심으로 농부들과 도요지 도공들이 즐겨 불렀던
민요이다. 문배·참배·옹기·공단·명주 등과 함께 차약이 하나의 상품으로 거래되었
음을 알 수 있다(정영선, 『한국 차문화』, 너럭바위, 2007, 179~180쪽 참조).

사천군 곤양면 다솔사

님아님아 우리님아

봉명산에 기도하여

학바위에 맹세하고

서봉중이 정한정이

나를위해 베푼은혜

이승에서 갚아올까

저승에서 갚아올까

명월선사 지은법명
서봉샘물 길러와서
구불더불 끓인물로
작설한잔 끓여놓고
불러보고 읽어본들
잠쟁이등 무명꾸리
밤새도록 늘 감아도
앞뒤 맥이 끝이없네

님아님아 우리님아
너를 두고 서리랑아
나를 두고 아리랑아
보리밭길 걸어보면
님의 생각 절로난다

가는 해에 먹는 나이
달간다고 외칠소냥
해간다고 잃을소냥
님간다고 슬플소냥
밝고 밝은 저 달 속에
아기자기 집을 짓고
작설한잔 마시면서

내 간장을 달래보네

출전: 『한국 차문화』

해설   이 노래는 1956년 3월 다솔사 뒷산인 봉명산 넘어 서봉사 절터가 있는 용산리 마을 성씨 할머니(당시 78세)로부터 채록한 것이다. 서봉사 샘물을 길어 작설차를 끓여 자신의 애간장을 달랜다는 내용이다(정영선, 『한국 차문화』, 너럭바위, 2007, 193쪽 참조).

보성군 벌교읍

저기 저 낭벼락에
찻잎 따는 저 처녀야
아득한 산과 들에
야색夜色이 깔렸는데
조알같이 많은 날에
또 와서 따아 갔소
석양이 깃들어도
찻잎이 보이느냐
게 잡는 관솔불이
눈(雪) 물 위에 비치는데
산 귀신 잠이 깨고
새 짐승 집 찾는다

출전: 『한국 차문화』

해설　이 노래는 벌교 지방의 김 영감으로부터 채록한 것이다. 잔설이 남아 있는 이른 봄에 차의 움을 따기도 하였음을 알 수 있다(정영선, 『한국 차문화』, 너럭바위, 2007, 210쪽 참조).

구례군 화엄사

잘못 먹어 보챈 애기
작설 먹여 잠을 재고
큰아기가 몸살나면
작설 먹여 놀게 하고
엄살많은 시애비는
작설 올려 효도하고
시샘많은 시어머니
꿀을 드려 달래 놓고
혼자 사는 청산이는
밤늦도록 작설 먹고
근심없이 잠을 잔다
바람 바람 봄바람아
작설 낳게 불지마라
이슬 먹는 작설 낳게
한 잎 두 잎 따서 모아
인적 기도 머리한 날
앞뒤 당산 신산님께
비나이다 비나이다

바람할매 비나이다

출전: 「한국 차문화」

해설　식체와 몸살 등에 약용으로 요긴하게 쓰였던 찻잎이 잘 자라도록 기원한 노래이다(정영선, 『한국 차문화』, 너럭바위, 2007, 191쪽 참조).

농부가

앞산에는 차를 심고, 뒷동산에는 뽕을 심어
잎차는 따내어 외국 수출, 누에는 쳐내어 부모봉양.
과수 재배도 많이 하세. 얼널널 상사지

압 뫼에는 챠 심으고 뒤 동산에는 뽕 심어셔
엽챠는 짜내셔 외국 슈출 누에는 쳐내셔 부모봉양
과목의 슈업도 만히 ᄒ세 얼널널 샹ᄉ지

출전: 『대한매일신보』

해설   이 노래는 『대한매일신보』 1907년 8월 20일 자에 실린 것으로, 일부를 발췌
수록한 것이다. 그 내용을 보면, 농가에서 차를 길러 외국으로 수출하기를 장려하였
음을 알 수 있다(강명관 엮음, 『근대계몽기 시가 자료집 1』, 성균관대학교 대동문화연구
원, 2000, 56쪽 참조).

고종 때의 칙사 대접

영접도감이 아뢰기를, "예전에는 칙사의 접견 다례 때 어상에는 담강차를 쓰고 상칙上勅과 부칙副勅의 상에는 백호차를 쓰도록 한 정식이 이미 있었습니다. 이번에도 이대로 거행하라고 분부하는 것이 어떻겠습니까?" 하니, 윤허한다고 전교하였다.

迎接都監啓曰 在前勅使接見茶禮時 御床用淡薑茶 上副勅床用白毫茶 已有定式矣 今亦依此擧行之意 分付 何如 傳曰 允

출전: 「승정원일기」

해설　고종 15년(1878) 12월 5일 자 기사이다. 중국 사신을 접견하는 다례에 임금의 상에는 담강차를, 중국 측 정사와 부사의 상에는 백호차를 썼음을 알 수 있다.

아유카이 후사노신 鮎貝房之進, 1864~1946

문헌에 보이는 신라차 文獻に現はれある新羅朝の茶

조선에서 차는 『삼국사기』 신라 흥덕왕 3년(서기 828)조에 선덕왕(서기 632~646) 때부터 있었다고 기록되어 있습니다만, 이 차는 물론 중국에서 차 종자를 가지고 와서 재배한 것입니다. 이 점은 일본도 마찬가지여서, 간혹 산과 들에 자생하는 산다山茶(동백나무)나 감다甘茶류는 조선 고유의 것이지만 차는 원래 없던 것으로 추측되므로, 아마도 승려 등이 선덕왕 대에 처음으로 중국에서 차 종자를 가지고 와서 재배했다고 보아야 할 것으로 생각됩니다. 또 같은 곳 흥덕왕 3년 조에 당나라에 사신으로 갔던 김대렴이 중국에서 차 종자를 가지고 돌아와서, 경상도 지리산에 심은 이래로 성행하게 되었다고 하는 기록은 이때부터 조선에서도 차가 한창 생산되게 된 것으로 이해할 수 있습니다.

차를 마시게 된 것이 삼국시대 말엽, 즉 당나라 초기였다고 하는 것은 고려 명종조(서기 1171~1197) 이규보의 문집인 『남행월일록』에 기록된 "전라도 부안현 변산의 감천에서 사포라는 중이 차를 끓여 원효에게 바쳤다"고 하는 세간의 전설에 근거한 것입니다. 원효는 당나라 초기 신라의 고승이므로, 만약 이 차가 토산품이라고 한다면 앞에서 언급한 『삼국사기』의 기록을 뒷받침하는 증거가 될 수 있습니다. 자국산이냐 중국 수입품이냐 하는 점은 분명하지 않습니다만, 어쨌든 차를 마신 기록으로는 가장 오래된 것입니다. 또 이 차가 말차냐 전차냐 하는 것도 분명하지 않습니다만, 그 내용 중에서 '점다'點茶라고 하였으므로 아마도 말차였던 것으로 여겨집니다. 이렇게 추측해 본다면, 다음에 보이는 「진감국사비문」의 기록과 함께 조선에서는 오래전부터 말차를 마셔 왔던 것이 됩니다.

다음으로 신라 말 최치원이 왕명을 받아 쓴 「진감국사비문」에 나오는 '한명'漢茗과 관련된 것입니다. 진감 선사는 당나라 대중 4년(서기 850) 77세에 열반한 인물로, 홍덕왕 3년 김대렴이 당나라에서 차 종자를 가지고 돌아온 때는 선사의 나이 56세입니다. 이 기록은 동시대이거나 그 전으로 추측됩니다만, '한명'漢茗 즉 중국차도 마셨음을 추측할 수 있습니다. 또 당시 신라 사람들이 마셨던 차는 모두 말차였음은 곧 "중국 차를 공양하는 사람이 있으면 '설'屑 곧 가루를 만들어서, 이것을 돌솥에 넣고 나무에 불을 지펴 끓였다"라고 하여 진眞을 지키고 속俗을 거슬렀던 진감 선사의 성품을 서술하고 있으므로, 이것과 반대로 세속에서는 말차를 마셨음을 알 수 있습니다. 그렇다면 앞에서 사포가 원효에게 올린 차도 아마 말차가 아니었을까 생각됩니다.

이상 신라 시대의 차에 관한 문헌을 살펴보았습니다만, (1) 조선이 차를 처음으로 중국에서 가져와서 재배한 것은 선덕왕 때라는 사실, (2) 그렇다면 자국산도 있었을 것입니다만, 중국 수입차도 귀중하게 마셨다는 사실, (3) 홍덕왕 3년 김대렴이 당나라에서 종자를 가지고 와서 지리산에 재배하면서부터 차가 성행하게 된 사실, (4) 오로지 점다, 즉 말차를 마신 사실 등을 알 수 있습니다. 일본에서는 간무桓武 천황 24년(서기 805년)에 전교대사傳教大師가 당나라에서 차 종자를 가지고 와서 재배한 것이 차의 시작이므로, 약 2세기 정도 일본이 늦은 것이 됩니다만, 인도나 중국의 다른 문물이 유입된 시기와도 일치하고 있습니다. 고구려는 기후가 차 재배에 맞지 않으므로 차가 없었을 것입니다만, 백제의 경우에는 신라보다도 먼저 유입되었을 것으로 여겨집니다. 그 이유는 오늘날 차의 산지를 보면, 백제의 옛 영토에 해당하는 전라남북도가 신라의 옛 영토보다 훨씬 많이 분포되어 있기 때문입니다. 그렇지만 백제의 문헌에는 일절 증빙할 만한 것이 없으므로, 이것들은 모두 후대에 와서 지리산의 차 종자를 이식한 것으로 볼 수밖에 없는 것입니다.

朝鮮にて茶は、三國史記羅紀興德王三年(西紀八二八年)條に善德王の時(西紀六三二~六四六年)より有つたと書いてありますが此の茶は勿論支那より茶種子を持ち來り栽培せしものであることは日本も同樣で、山野に自生する山茶(ツバキ)・甘茶(アマチヤ)類は或は朝鮮固有のものでありませうが、茶は元來無かつたことを推測されますから恐くは僧侶などの手に因りて善德王の時に始めて支那から茶種子を持ち來り、栽培されたものと解すべきものと思はれます。又同條に興德王三年に入唐廻使大廉が支那から茶種子を持ち歸り、慶尚道地理山に植ゑて以來盛になつたと書いてありますのは、此時以來朝鮮にも茶の盛んに産出するやうになつたと解すべきであります。

飮茶の三國末葉卽ち唐初に卽に行はれ居たりと云ふは、麗明宗朝の(西紀一一七一~一一九七)李奎報集南行月日錄に、全羅道扶安縣卞山の甘泉にて、僧蛇包が茶を點じて元曉に進めたと云ふ、俗間の傳說を書いて居るのであります。元曉は唐初新羅の高僧でありますから若しも此茶が土産品でありますれば、前の三國史記の記事に裏書することゝなるのでありますが、自國産か支那輸入品か判然いたしませんが、ともかく飮茶の記事として最古のものであります。又此茶は末茶の方か煎茶の方かも判然いたしませんけ

れど、文中點茶とありますから、恐くは末茶の方であつたと思はれます。若し推測の如くんば、下眞鑑禪師碑文の記事と思ひ合はして、朝鮮では末茶は古くから行はれ居たものとなります。

次に羅末崔致遠の奉教撰にかゝる眞鑑禪師碑文に出である漢茗であります。眞鑑禪師は唐大中四年(西紀八五〇年)七十七の坐滅なれば、興德王三年に大廉が唐より茶の種子を持ち歸つた時は禪師五十六歳で、此の記事は同時代か其前かと思はるゝのでありますが、漢茗卽ち支那茶も飲用され居たことが推測されます。且又當時新羅人が飲用せし茶は專ら末茶の方であつたことは、卽ち人の漢茗を供するものあれば、屑卽ち末を爲らずして、之を石釜に入れ薪を以つて煮た。と眞鑑禪師の眞を守り俗に忤つた性行を叙してありますから、之と反對に通俗は末茶を飲んたことが分ります。されば前の蛇包が元曉に進めた茶も恐くは末茶の方であつたと思はれます。

以上新羅時代の茶に關する文獻でありますが、(一)朝鮮で茶を始めて支那より移入して栽培せしは善德王の時たりしこと。(二)されば自國産も有つたでありませうが、支那輸入茶も珍重して飲用せしこと。(三)興德王三年大廉が唐より茶種子を將來し地理山に栽培せし以來盛んになつたこと。(四)專ら點茶卽ち末茶を飲用せしこと等が分るのであります。日本では桓武天皇延曆二十四年(西紀八〇五年)傳教大師が唐より茶種子を將來し栽培せしか茶の始となつて居りまして、約二世紀日本の方が後れて居りますが、他の印度支那文物移入時代順にも一致して居ります。高句麗は氣候茶に適しませんから無かつたでありませうが、百濟の方は新羅よりも早く移入され居りたるにあらざるかを疑はれますと云ふは、今茶の産地として百濟の舊地たる全羅南北道共に新羅の舊地慶尙道より甚しく多いからであります。併し百濟の文獻には一切徵すべきものがありませんから、此等は後代地理山の茶種子を移植せしものと云へはそれまでであります。

출전: 『(雜攷) 花郎攷·白丁攷·奴婢攷』「茶の話」

해설　이 글은 일반적으로 알려진 사실들의 기록이지만 한국 차 문화사의 가장 기초적인 문헌들을 검토한 글이기도 하다. 아유카이 후사노신은 중국에서 가져온 차를 처음으로 재배한 것은 선덕왕 때이고, 흥덕왕 3년 김대렴이 당나라에서 가지고 온 종자를 지리산에 재배하면서 차가 성행하게 되었으며, 주로 우리나라에서는 말차를 마신 것으로 정리하고 있다. 또 한국에 차가 들어온 시기가 일본에 비해 2세기 정도 빨랐고, 신라보다 백제에 먼저 차가 유입되었을 것이나 증빙할 기록이 없다고도 하였다. 본문에서 인용하고 있는 『남행월일록』과 「진감선사비문」(「진감 화상 비명」)은 모두 『한국의 차 문화 천년 3』에 수록한 것들이므로, 지면 관계상 생략하였다.

차와 예술과의 관계 茶と藝術との關係

고려 시대의 도기가 세계에 자랑할 만한 것임은 다시 췌언을 더할 필요가 없는 사실이지만, 이와 관련하여 우수한 공예품이 발달한 원인은 어디에 있던 것일까요? 우리는 먼저 고분의 부장품으로 연이어 발견되는 명기明器의 용도, 즉 하나의 신앙에 원인을 둘 수 있지 않을까 생각하지만, 이것은 피상적인 생각입니다. 실제로 명기로 사용하기 위해 우수한 도기를 선택한 풍습이 있었다고는 하지만, 그것은 생전에 사용한 우수한 도기를 선택한 것으로, 우수한 도기를 구워 낸 원인은 아닙니다. 그러니까 서긍의 『고려도경』에 나와 있는 것처럼, 그 주요 원인은 전적으로 다구를 갖추기 위한 것이었다고 보는 것이 타당합니다. 이것은 일본에서 도기가 발달한 것이 전적으로 말차에 그 원인이 있었다고 말하는 것과 동일한 견해입니다. ……일본의 다인이 이조자기를 가장 애호하게 된 것은, 일본에서 말차는 아시카가足利 시대(무로마치室町 시대), 즉 이조에 들어서 유행하게 된 것으로, 고려자기를 손에 넣지 못했기 때문입니다. 이조의 것도 일본 도기에 비해서 흙과 유약의 질이 좋고 힘이 있어서 사용할수록 드러나는 자연스런 변화와 소박하고 무심한 조선 도공의 수법에 일본의 다인들이 공감한 것으로, 보통 일반적으로 말하는 미술적인 측면은 아닙니다. 그러니까 일본 다인들이 소중하게 여긴 조선 자기는 오히려 하등품으로 이조에서 시작된 무늬를 넣은 상등품의 도자기는 아닌 것입니다. 일본의 다인들이 애호하는 이 도기는 물론 고려자기에서도 하등품에 속하는 것으로, 다만 일본에서 말차가 유행하게 된 시기였으므로, 일본의 다인들에게 알려지게 된 것일 뿐입니다. 일본의 다인들이 이 조선 자기를 특별히 가려서 애호 했다고 보는 것도 하나의 견해라고 저는 생각하지만, 보통 사람들 또 는 외국인들에게는 이해할 수 없는 사실인 것입니다.

麗朝に於ける陶器の世界に誇るべきものたるは、是亦贅言を要せざるところであります が，かゝる優れたる工藝品の進步發達せし原因は何に在りたるか、我々は最初古墳より 副葬品として續々發見さるゝより、明器所用として、卽ち一の信仰に原因せしものにあ らざるかと思ひ居りたるが、是は皮想の觀察であつたので、成程明器所用として優秀な る陶器を擇びたる習俗は有つたでありませうが、是は平生用ゐ居りたる優秀なる陶器を 擇びたるにて、優秀なる陶器を燒き出したる原因とはならぬのであります。されば徐兢の 高麗圖經に出である通り、全く茶具を治するに在つたと云ふことが、其の主因であつた と肯つかるゝのでありまして、猶は日本の陶器の發達が全く末茶に在つたと云ふと同一 なりと云ふ見解であります。…… 日本の茶人が李朝燒を最も愛翫したのは、日本で末茶 は足利時代卽ち李朝に入りてから盛んになつたので、高麗燒は手に入らなかつたからで あります。李朝物でも日本陶器よりは朝鮮の方は土・釉が好く力が有つて、使用するに 從つて自然の變化を生ずるのと、朝鮮陶工の手法の素朴で無頓着な點とに、日本の茶人 が共鳴したので、普通一般の稱する美術の方ではありません。されば日本人の茶人が珍 重した朝鮮物は寧ろ下手物の方で、李朝に始まりし上手の染付の陶磁器の方では無い のであります。此の日本の茶人の愛好する陶器は、無論高麗燒にも下手物にはあるので ありまして、唯日本で末茶が盛に行はれない時でありましたから日本の茶人に知られま せん丈けであります。此の日本の茶人が殊に朝鮮燒を擇び愛好せしと云ふことも、一の 見方であると私は考へますが、普通の俗人或は外國人などには理解し能はぬところであ ります。

해설　이 글에서는 고려 때 우수한 도기가 나온 원인을 다구를 갖추기 위한 필요에
서 찾았고, 이어서 고려와 일본에서 말차가 유행함에 따라 도기가 발달한 것으로 이
해하였다. 또 일본인들이 조선 도기를 애호한 이유 역시 그것이 상등품이어서가 아니
라 사용할수록 드러나는 자연스런 변화와 소박하고 무심한 도공의 수법에 공감한 것
임을 말하였다.

마쓰다 코 松田甲, 1868~1945

조선에서의 일본차 풍습

조선에서는 만차의 경우 예외 없이 일본차를 유난히 즐긴다. 일본과는 달리 조선은 육식을 좋아한다. 그런데 육식을 한 이후에 일본차를 마시면 가슴이 더부룩한 증상에 특히 좋다고 한다. 조선의 왕이 쓰시마 태수에게 요청해서 보내기도 하고, 쓰시마 태수가 자발적으로 보내기도 한다. 이렇게 해서 일본차가 조선에서 끊이지 않는다. 대개 조선 왕이 늘 젓수시는 차는 일본 우지*의 차를 사용한다.

朝鮮にて日本の挽茶、すべて日本の茶を殊外賞翫仕候。日本と違ひ朝鮮は肉食を強く仕候。肉食の以後、日本の茶を用候へば、胸を押上候而殊外能きと申由候、朝鮮王より對馬守殿へ所望にても被送、又對馬守殿より起り候ても被送、依之日本の茶朝鮮に不絶有之候。夫故朝鮮王常々に呑茶は、日本宇治の茶を用ひ被申候事。

출전: 『日鮮史話』 제4편

해설 조선에서 쓰이는 만차挽茶, 즉 말차는 모두 일본차를 사용하는데, 특히 왕실

• **우지宇治** 장지연의 글 「차나무」 주 참조(이 책 108쪽).

에서는 우지의 차를 쓴다고 하였다. 이 글은 원래 『二百年前の朝鮮物語』에 나오는 기록인데, 마쓰다 코가 재인용하여 수록한 것이다.

모로오카 다모쓰 諸岡存, 1879~1946
이에이리 가즈오 家入一雄, 1900~1982

조선에서 차 마시는 풍습이 쇠잔해진 원인
朝鮮の飮茶風の衰へた原因

근래 조선에서는 차 마시는 풍습이 갑자기 쇠퇴하여 차는 거의 잊힌 듯한 느낌이 있다. 그 이유는 여러 가지로 설명할 수 있다. 우선 첫 번째로 주의할 점은 조선차가 거의 사원의 차라는 점이다. 그래서 불교, 특히 선禪을 떠나서는 차를 논할 수가 없으며, 오늘날 조선의 남쪽 지방에서 발견되는 자생 차는 어느 것이나 사원 부근에 한정되어 있다. 그런데 조선의 불교는 주자학이 도입된 뒤 사원에 대한 과도한 징수로 인해 점차 쇠퇴의 길을 걸었다. 이와 함께 차도 점점 퇴색하기 시작하고 마침내 현재의 상태에까지 이르게 된 것이다. ……다음은 음료수와의 관계이다. 좋은 물이 귀한 중국에서는 차가 국민 보건의 측면에서 절대적인 필수품이었지만, 수질이 좋은 조선에서는 사정이 달랐다. 이를테면 대동강 물도 평양 근방의 상류는 특히 깨끗해서 수돗물보다 훨씬 좋다. 세균 등이 적을 뿐만 아니라 찻물에 알맞고 빨래에는 더욱 알맞다. 조선인이 흰옷을 즐겨 입는 것도 이 때문이라고 한다. ……세 번째 원인으로서 이나바 박사는 근래 증가한 흡연을 들고 있는데 이 설에는 필자도 매우 공감한다. 조선의 흡연 풍습은 일본으로부터 들어

온 것으로 조선에서 '연다'煙茶라는 말은 연초와 차라는 뜻이 아니라, 오직 연초만을 가리킨다. 여기서 보더라도 연초가 차를 대신한 것이라고 생각되는 것이다. 조선인에게 담배를 피우는 풍습이 퍼진 것은 매우 슬퍼할 노릇으로서, 저 두려운 아편을 마시는 나쁜 습관 같은 것도 실로 여기서 길들여진 것이다. 나쁜 풍습이 좋은 풍습을 몰아내는 것이다. 술은 불교에서는 금하는 것이다. 술을 마시지 않는 계율은 오계 중의 하나이다. 또 팔관재 중의 한 계율이다. 그러니 조선에서도 불교가 성하면 술은 차에 의해서 다소 밀려날 것이다.

近時朝鮮に於ては、飮茶の風、頓に衰へて殆ど茶は彼等鮮人間に忘れられたかの感があるが、此れに就ては旣に色々の說が述べられてゐる。先づ第一に注意すべきは、朝鮮茶が殆ど寺院茶であることである。そこで佛敎特に禪を離れて、茶は無い譯で、現今でも、南鮮地方に發見される自生茶は、何れも、寺院の附近に限られてゐることは、非常に注意すべきことである。然るに朝鮮佛敎は、朱子學の輸入と、後には寺院が重稅を課せられることにより、次第に衰へて、遂に現在の狀態に迄なつたのである。…… 第二は飮料水の關係である。良水の少い支那では、茶は民族保健の點からして絕對的必需品であるが、反之、朝鮮は水質が非常に良いのである。例へば大同江の如きも平壤より上流は特に奇麗で、水道の水に勝ること萬々、黴菌等が少いのみならず、茶の水に適し、洗濯に最も適してゐる。鮮人が白衣を纏ふのもこのためであると言はれてゐる。…… 第三の原因として、稻葉博士は、近來增加した煙草の喫煙をあげてゐられるが この說は筆者も至極同感である。朝鮮の喫煙の風は、日本から這入つたもので、彼地で煙茶といふ言葉は、煙草及び茶といふ意味ではなく、唯だ煙草だけの意味である、といふ事である。それから考へても、煙草が茶に取つて代つたものと考へられるのである。鮮人に甚しい喫煙の惡風が擴がつた事は、甚だ悲しむ可きことで、彼の恐る可き阿片を喫する惡習慣の如きも、實にこ

れによつて馴致されたに他ならないのである。惡風が良風を驅逐するのである。酒は佛教に取つて禁物である。不飲酒戒は五戒中の一つである。八關齊の中の一戒である。それで朝鮮でも佛教が盛になれば酒は茶によつて驅逐されて仕舞ふ可きは勿論である。

출전: 「朝鮮の茶と禪」

해설　이 글에서 모로오카 다모쓰는 한국에서 끽다의 풍습이 쇠퇴한 이유를, (1) 불교의 쇠퇴, (2) 좋은 수질, (3) 담배의 유행이라는 3가지 원인에서 찾고 있다. 한편 이 견해에 대해서는 반론이 없지 않은데, 대표적인 것으로 김명배의 「『조선의 차와 선』의 분석적 연구」(『한국차학회지』 제4권 제2호, 한국차학회, 1998)가 있다.

모로오카 다모쓰 諸岡存, 1879~1946
이에이리 가즈오 家入一雄, 1900~1982

무등원 차밭의 상황 無等茶園の狀況

차는 전남의 산야 곳곳마다 분포되어 있으나, 이들 자연의 차를 이용
하여 경제적으로 크게 경영하고 있는 곳은 광산군 효지면에 있는 무등
원無等園 차밭입니다. ……이 차밭은 일본에 있는 차밭과는 달리 자연
의 숲을 개량한 것으로, 전남 각지에 분포되어 있습니다. 따라서 야생
차를 부업으로 개량하는 법을 연구하는 데 필요한 자료가 많습니다.
그래서 그곳을 조사하도록 명을 받아 여기에 정리하였습니다. ……
이곳에서 생산되는 차는 일본의 차에 비해 결코 떨어지지 않는다고 생
각합니다. 옛날 사람들은 조선차는 안 된다는 둥 하면서 품질보다 이
름을 보고 구입했지만, 점차 손님들의 인정을 받아 60군데나 단골이
생겼지요. ……조선의 차와 일본의 차는 찻잎의 형태가 달라 다른 품
종이라고들 합니다만, 차는 불교를 통해 건너온 것이니 조선이 본가이
지요. 예전에 일본의 차는 둥그스름하였습니다만, 오늘날에는 조선의
차와 마찬가지로 길쭉한 것을 재배하게 되었습니다. 차나무는 매년 잎
을 따는 것이므로, 잎이 둥글어지거나 작아지게 되면 좋지 않습니다.
그러니 업자의 입장에서는 길쭉하면서 큰 것이 좋지요.

茶は全南の到る處の山野に分布して居ますが、之等の天然生お茶を利用して、經濟的に
大きく經營してゐるのは、光山郡孝池面所在、無等園の茶畑であります。……　此茶園
は、内地一般の茶園と異り、天然生林の改良でありますので、全南各地に分布して居り
ます處の、野生茶を副業的に改良する法を研究する上に於て頗る資料も多くこゝに命

を受けて調査を纏めたものであります。…… 私の方の茶は自慢ではありませぬが、内地のお茶に決して負けないと思ひます。昔の人は朝鮮茶は駄目だとか言つて、實質より名を見て買つて居ましたが、段々お客に認めて貰つて、六十軒もお得意が出來ました。……尚は朝鮮産茶と、内地産茶は、茶の形が遠ふから別品と言はれますけれど、茶は佛教により渡つたもので、朝鮮が本家であります。昔は内地の茶は葉の形が丸味がありましたが、今は朝鮮のものと同じ樣に長いものを撰ばれる樣になりました。お茶の樹は毎年摘むものですから、葉が丸くなり小さくなつて不良になるので、お茶の業者から見れば長くて大きいのが良いのです。

출전: 『朝鮮の茶と禪』

해설 이 글은 이에이리 가쓰오가 자신이 무등다원을 방문하게 된 경위를 설명하고, 이어서 그곳을 운영하던 일본인 오자키 이치조尾崎市三의 말을 기록한 것이다. 여기서 오자키는 조선산 차의 품질이 일본산 차에 비해 결코 뒤지지 않으며, 오히려 차의 본가는 조선으로 업자의 입장에서도 잎의 모양이 길쭉하고 큰 조선 차종을 선호한다고 하였다.

모로오카 다모쓰 諸岡存, 1879~1946
이에이리 가즈오 家入一雄, 1900~1982

보림사 부근의 차 寶林寺附近のお茶

이 부근에서는 청태전靑苔錢을 보통 차라고 하여 1919년경까지 부락 사람들이 만들었으나, 그 뒤에는 작설차를 마시게 되어 만들지를 않는다. 이 부락(옛 구산리)은 현재 45호 정도가 있는데 그중 30호가량의 사람들이 모두 만들어 보았으므로 그 방법을 알고 있었다. 이 차를 만드는 재료는 보림사 또는 보림사 부근의 산에 차나무가 많이 자라고 있으므로 이곳에서 딴다. 분포 면적은 약 10정보(99,173m²)인데, 잘 따면 1년간의 생산량이 생잎으로 1만 근을 넘을 것이라고 한다. ……찻잎을 따는 시기는 음력 3월 하순부터 4월 상순(양력으로는 4월 하순부터 5월 상순)까지 1주 사이에 차의 잎이 7~8개 싹텄을 때 연한 잎만을 딴다. 따는 것은 비 오는 날에 따는 일도 있으나, 이것은 나쁘니까 될 수 있는 대로 날씨가 좋을 때 딴다. 따는 것은 사람에 따라 다르지만 가족 전부가 나와서 손으로 따며, 딴 것은 망태기, 대바구니, 보자기에 담아서 자기 집으로 가지고 돌아간다. 하루 종일 따면 차가 많은 곳에서는 15근이나 따지만, 적을 때는 2~3근밖에는 딸 수가 없다. 가져온 생잎차는 곧장 가마에 넣고 쪄서 잎이 연하게 되면 잎을 꺼내(찻잎이 누런 빛깔을 띨 무렵) 절구에 넣고 공이로 찧는다. 찧을 때는 떡을 만드는 것처럼 찧는다. 이때 물기가 많으면 펴서 조금 말리고, 굳히기에 알맞게 되었을 무렵, 두꺼운 널빤지 위에서 지름 2치, 두께 5리, 높이 1푼 6리가량의 대나무 테에 될 수 있는 대로 촘촘한 얇은 천(무명)을 물에 적셔서 손으로 잘 짜서 펴고 그 안에 찧은 차를 넣고,

가볍고 평평하게 엄지손가락으로 눌러 붙인다. 그것이 조금 굳어 갈 때에 꺼내서 자리 위 또는 평평한 대바구니 위에 얹고 햇볕에 쬐어 절반쯤 말랐을 무렵에 대꼬챙이로 복판에 구멍을 뚫는다. 잘 마른 다음 꼬챙이를 꿰면 차가 부서지므로, 연할 때에 하나씩 꿴다. 그리고 될 수 있는 대로 그날 안에 말리도록 한다. 완전히 마른 것 50개 정도를 새끼나 노끈에 꿰어 온돌의 복판이나 헛간 등에 매달든가 또는 종이에 싸서 갈무리하는 것이다.

숙련된 사람은 하루에 3백 개나 만든다고 한다. 차를 찌는 도구는 질그릇인데 보통 조선의 가정에 흔히 있는 것이다. 구멍 뚫린 엽전을 조금 크게 한 것과 같이 완성된 차가 이른바 청태전이다. 막 완성된 것은 약간 푸른 빛깔을 띠고 있다고 한다(내가 우스기네臼杵 씨로부터 얻은 청태전은 올봄에 이 노인이 정성스레 만든 것으로, 차통에서 꺼낸 것은 약간 푸른 빛깔을 띠었으며, 다갈색 기운의 거무스레한 것으로서 광택은 없었다). 군데군데 잎꼭지가 남아서 연한 갈색의 줄이 있었고, 또 찻잎의 섬유 조직도 보인다. 조금 비어 있는 부분은 청백색으로 보인다. 앞면에는 천에 눌린 자국이 남아서 뒷면에 비하여 매끄럽다(뒷면은 까칠까칠하고 앞쪽으로 조금 뒤집혀 있었다).

완성된 것은 굳기만 하면 이튿날부터라도 곧 마신다고 한다. 이것을 구우면 조금 누런 빛깔을 띠면서 그을리게 되는데, 끓인 물에 넣고 그 물을 마신다고 한다. 이 부근의 노인들은 평소에 마시지만 어린이는 배가 부르며 기분이 나쁠 때 약용으로 마신다고 한다. 이 청태전을 찧어서 빚을 때 오갈피 또는 쑥 등을 넣는 일이 있지만, 맛이 없을 뿐만 아니라 맵다고 한다. 이 노인의 부인은 찻잎이 적을 때는 그러한 종류의 잎을 섞는 일이 있다고 말했다.

この附近では、青苔錢を普通に茶と云つて、大正八年頃まで部落の人が作つて居たが、其後は雀舌茶を飲む樣になつて作らなくなつた。この部落（舊九山里）は、現在四十五戸程あるが、その三十戸位の中産階級の人は皆作つて居たから、部落の人は皆作り方を知つて居る。この茶を作る材料は、寳林寺又は寳林寺附近の山に澤山茶が生えて居るから、此處から採取する。お茶の分布面積は、推定にて十町歩位で、しつかり採取すれば、年産生葉で一萬斤を越ゆるだらうと云ふ。…… 茶の葉を摘む時期は、陰暦の三月下旬から四月上旬（新暦では四月下旬より五月上旬）に於て、一週間位の間に、茶の葉が七、八葉萌えたとき、軟き葉だけを摘む。摘むのは雨の日に取る事もあるが、これは惡いから成る可く天氣のよい時に摘む。摘むのは時により人により違ふけれども、家族全部出て手にて摘み、摘んだのは、マンテ竹籠、風呂敷に入れて自宅に持ち歸る。一日中摘めばお茶の多い處では生葉十五斤も摘めるが、少いときは、二三斤しか取れない。持參した生葉茶は、直ちに朝鮮の蒸し釜に入れて蒸し、葉が軟かくなつてから、直ちに釜から葉を出して（茶葉が黄色味を帶びた頃）朝鮮臼に入れて手杵にて搗く。搗くときには餅を造る樣にして搗く、このとき水氣が多くあれば、廣げて少しく乾かし、固めるに都合よくなつた頃、厚い板の上で内徑二寸、厚さ五厘、高さ一分六厘位の竹輪に、なる可く目の積んだ薄い布を（木棉）水に浸しよく手にてしぼりて擴げて、其中に搗いた茶を入れて、輕く平たく親指で押しつける。それが少しく固まりかけたときに出して、蓆の上、又は平たい竹籠の上にのせて、日光にあて、半乾きの頃に、竹の串で中央に穴を明ける。よく乾いてから串をさしては茶がこはれるから、軟いときに一つづつ刺す。そして成る可くその日のうちに乾すやうにする。全く乾いたものは、五十個位を繩又は紐に貫いて、溫突の中や、物置等に吊すか又は紙に包んで貯へるのである。上手な人は、一日に三百も造るといふ。お茶を蒸す道具は、寫眞にも示した樣に、素燒製のもので、普通朝鮮の家庭に在りふれたものである。

出來上りの穴明き錢を少しく大きくしたものゝ樣な茶が、所謂青苔錢である。出來たて

のものは少しく青味を帯びて居るといふ（私が臼杵さんから貰つた青苔錢は、本春この李老人が念入りに拵えたもので、茶筒から取り出したものは稍青味を帯び、茶褐色氣の黒ずんだもので艷はない。ところところに葉柄が殘つて淡褐色の線があり、又茶葉の纖維も見える。少しく缺けた部分は淸白く見える。表には布に押しつけた布目が殘つて、裏に比し割合に滑かである。（裏の方はザラザラして表の方に少しく反つて居た。）出來たものは、固くなりさへすれば直ちに翌日からでも飲むさうである。飲むときには、之を炙れば少しく黄色味を帯びて焦げて來るからお湯の中に入れて、その湯を飲むといふ。この附近の老人は普通に飲むけれども、兒童は腹が膨れて氣分が惡いときに藥用として飲むとのことであつた。次にこの青苔錢には、搗いて拵へるときに、オガルピ（鮮名）又はよもぎ等を入れることがあるけれども、不味いばかでなく、からいといふ。李老夫人はお茶の葉が少ない時に右の種類の葉を混ずることがあると言つてゐた。

出전: 『朝鮮の茶と禪』「現地踏査」

해설　보림사 부근에서 생산되는 청태전의 제작 과정에 대해 기술한 것으로, 마지막에 나오는 '이 노인'은 이석준李石埈 노인(당시 62세)을 가리킨다. 1938년 11월 31일에 채록한 것이다.

모로오카 다모쓰 諸岡存, 1879~1946
이에이리 가즈오 家入一雄, 1900~1982

단산리의 청태전

丹山里に於ける古代の青苔錢と竹川里の狀況

청태전을 만드는 방법은 어제 이 노인이 말한 것과 거의 다르지 않았는데, 이 청태전은 40~50년 전까지는 보통의 음료로 제공되었으나 지금은 약으로 마신다고 한다. 또 만들 때에 생강, 유자, 참죽나무의 잎 등을 넣고 만든다고 한다. 약으로 마실 때는 약탕기(돌로 만든 것)에 물을 붓고 끓인 다음, 그 속에 누렇게 구워진 청태전을 넣으면 물에서 피익 하는 높은 소리가 난다. 그러면 잠시 뚜껑을 닫고서 빛깔이 우러났을 무렵에 찻주발에 담아서 마신다. 배앓이 약으로, 소화를 잘 시키기 위해서 마신다고 한다. 이 부락의 청태전은 예로부터 보림사에서 가지고 와서 만들었다고 한다.

青苔錢の作り方は、昨日の李老人が話されたのと殆ど變らなかつたが、この青苔錢は、四、五十年前までは普通の飲用に供したが、今は藥として飲むさうである。又この青苔錢を作るときに生薑の根、柚子の果、棟の葉等を入れて作るとに事である。藥として飲むときは、藥湯器(石造りのもの)に湯を入れて沸したその中に、青苔錢を黄色く燒きたてのものを入れると、水中にてピーと高い音をたてる。それから少しく蓋をしめて、色が出た頃に茶碗に入れて飲む。藥效としては腹の藥で通利をよくするために飲むとの事であつた。此部落の青苔錢は、昔から寶林寺より持つて來て造つたそうである。

출전: 「朝鮮の茶と禪」「現地踏査」

해설 전라남도 장흥군 단산리를 방문하여 위경규魏璟圭의 말을 기록한 것인데, 청태전을 배앓이 약으로 쓴다고 하였다.

모로오카 다모쓰 諸岡存, 1879~1946
이에이리 가즈오 家入一雄, 1900~1982

강진읍 목리의 청태전 康津邑牧里の青苔錢

유씨는 내가 내놓은 청태전을 보고서 이것은 보통 '차'라고 하는 것으로, 아버지 유정렬(64) 씨가 일상 음료용으로 구입한 것이며, 약용으로 한 것은 아니라고 하였다. 생강을 넣고 마시기도 하는데, 차가 누렇게 될 때까지 뭉근한 불에 구워서 탕관의 물속에 하나 또는 둘, 셋까지 넣고 달이면, 속에서 끓는 물이 진한 찻빛이 되므로, 이때 찻주발에 따라서 마신다는 것이다. ……유대의 씨는 아주 기분 좋게 직접 본가의 서쪽 헛간의 널빤지 벽에 드리워져 있던 청태전을 가지고 왔다. 먼지투성이에 거미줄이 쳐져서 손을 댈 수도 없었다. 그것은 두 꿰미였는데, 한 꿰미가 74~75개나 되었다. 어쨌든 기념으로 사진을 두 장 찍었다. 자세히 살펴보니 장흥 위씨의 것과 모양이 다르고 만드는 방법도 달랐다. 동그라미에 가까운 타원형으로 긴 지름이 1치 5푼, 짧은 지름이 1치 3푼, 복판의 구멍은 1푼 5리, 두께 3리쯤이 평균인데, 조금씩 두껍거나 얇은 것도 있다. 둘레의 가장자리가 1푼 5리쯤 뒤집혀 올라갔고, 앞면은 조금 매끄럽지만 뒤는 거칠었다. 대체로 울퉁불퉁한데 이것은 만들 때 수축된 것이리라. 군데군데 차의 잎꼭지가 보인다. 빛깔은 암흑색이며 겨우 찻빛을 띠고 있다. 무게는 한 개 평균 1돈쭝 안팎이며, 복판을 꿰고 있는 가는 새끼의 지름은 1푼 5리이다. 만드는 법은 장흥 위씨의 것과 달라서 대나무 테를 사용한 것이 아니다. 오히려 보통의 대통을 둥글게 잘라서 바닥을 대마디로 하여 거기에 눌러 대서 만든 것이 아닌가 생각된다. 유씨와 함께 원래 집으로 돌아가서, 유씨의 아버지가 마시던 방법으로 차를 대접 받았다. 유씨는 그중에서 3개를 들어서 숯불 위에서 구웠는데, 말 그대로 차를 굽는 냄새가 났다. 그것을 3홉쯤의 물을 끓인 탕관에 넣고 2~3분 동안 달여서 마셨는데, 담박하였고 특별히 다른 맛은 나지 않았다. 찻물은 막차의 진한 빛깔이었다. 탕관의 모양이 흥미로웠는데, 손잡이가 뿔처럼 튀어나오고, 붉은 초벌구이에 잿물을 입힌 것으로, 보통의 조선독과 같은 품질의 것이었다. 입구는 지름이 3치 4푼, 높이 4치 6푼, 바닥 지름 3치, 중앙의 불룩한 지름 5치 4푼이었다. 손잡이는 길이가 2치 6푼에 중앙 지름이 5푼 정도였다. 이것은 고려자기로 유명한 대구면의 인접지인 칠량면의 가마 일꾼이 가지고 왔다고 한다. 이런 모양의 것은 가마 일꾼에게 부탁하면 만들 수 있다고 한다. 아무튼 재미있는 일이다. ……또 이 청태전은 유씨의 이야기에 따르면 20년쯤 전까지 강진의 시장에서 파는 것을 보았는데, 만덕산 부근의 사람이 가지고 온 것으로, 한 자쯤 꿴 것이 2~3전의 가격이었다고 한다.

劉さんは私の出した靑苔錢を見て、これは普通 ' 茶 ' といつて、父貞烈(六四)さんが常飮用として、購入したもので藥用としたものではない。生薑を入れて飮んだ事もある。飮む時には、茶を黃色くなる迄直火にて灼き、藥罐の水の中に一つ又は二つ三つまで、入れて煮れば、中の湯が濃い茶色になるから、このときに茶碗に注いで飮むとの事である。…… 劉戴義さんは非常に氣持ちよく自分で本家の西側の二階見たいな物置の中の板壁に吊されてあつて靑苔錢を取つて來られた。埃だらけで蜘蛛の巢が張つて手もあてられない。それはやはり二吊げになつて、一吊が七十四、五もあつた。兎に角紀念として寫眞を二枚撮つた。こゝのものはよく見ると、長興の魏さんのものと形が違ふし作り方も違つている。圓に近い橢圓形で、長徑が一寸五分、短徑一寸三分、中央の穴は一分五厘、厚

三厘位、平均なるも厚薄がある。周圍の緣が一分五厘位、反上つて、表面は稍々滑かであるが、裏は粗造である。大體に於て凹凸が多いが、斯れば製造の時に收縮したものであらう。處々茶の葉柄が見えて居る。色は暗黑色で、僅に茶色を帶びて居る。重量は一個平均一匁內外で、中央に串してあつた小繩は徑一分五厘である。この造り方は、長興の魏さんのと違つて竹輪を使用したものでない。寧ろ普通の竹筒を輪切にして底を竹節にし、それに押しあてゝ造つたものではないだらうかと思つた。劉さんと一處にもとの新宅に歸つて、劉さんのお父さんが飲んだ方法に依つてお茶を飲まして貰ふことにした。劉さんは、そのうち三個を取つて炭火の上で燒いたが、茶らしい焦げの匂ひがした。それに三合位の水を入れて沸した藥罐に入れて、二三分間沸騰さして飲んだが、淡い味で、格別に變つた味はしなかつた、茶の色は番茶の濃い色である。藥罐の形が面白い。握り手が角の樣に出て、赤い素燒に上藥を塗つたもので、普通の朝鮮甕と同じ質のものである。口は直徑三寸四分、高さ四寸六分、底徑三寸、中央膨徑五寸四分、握り手長さ二寸六分、中央徑五分位あつた。これは高麗燒で有名な大口面の隣接地である七良面の窯夫が持参したといふ。この形のものは窯夫に賴めば出來るとの事であつた。兎に角、面白い形である。……尚ほこの青苔錢は、劉さんの話では、二十年ばかり前まで康津の市場で賣るのを見たが、それは萬德山附近の人か持つて來たものであつて、一尺位に貫したものが、二―三錢の價格であつたといふ。

출전: 『朝鮮の茶と禪』「現地踏査」

해설　이 글은 전라남도 강진군 강진읍 목리牧里를 방문하여 청태전의 모양과 제작 방법, 가격 등에 대해 기록한 것으로, 구술자의 이름은 유대의劉戴義(당시 45세 정도)이다. 1939년 2월 23일에 채록한 것이다.

모로오카 다모쓰 諸岡存, 1879~1946
이에이리 가즈오 家入一雄, 1900~1982

백운옥판차

백운옥판차는 백운동에 있는 옥판산의 차라는 뜻에서 이름 붙여진 것이라고 한다. 이 차를 손수 만든다는 것이었다. 찻잎은 곡우에서 입하까지 딴 것이 가장 좋다. 즉 지금의 양력으로 말하면 4월 하순부터 5월 상순(음력 4월 21일~5월 6일)*이다. 따는 시기 및 만드는 방법에 따라서 상·중·하가 있다면서 견본을 보여 주었다. 냄새는 보통 조선차와 같고, 특별한 풍미는 없다. 온돌의 냄새가 난다. 대체로 차의 가늘기에 따라서 나누고 있는 것 같다. 상품일수록 가늘었다. 노인이 다시 덧붙여 말하기를, 차의 분류법은 다음과 같다고 한다.

(1) **맥차** 싹이 갓 돋아 나오는 어린 것을 딴 것으로서, 옛날 돈으로 7홉에 한 냥쯤의 값인데 벼슬아치의 분부로 만들어 이것을 서울로 보냈다.

(2) **작설** 맥차를 따면 싹의 끝이 둘로 갈라져 나오기 때문에 잎을 둘 또는 셋쯤을 붙여서 딴 것이다.

(3) **모차** 맥차를 따고 싹의 뾰족한 끝이 셋 이상으로 갈라진 것을 딴 것이다.

(4) **기차** 잎이 커 넓어지고 나서 딴 것이다.

또 차는 하루 중에서 아침 일찍 시작해서 낮까지 딴다. 찻잎을 집으로 가지고 가서 가마에서 덖는데(시루에 쪄서 비비기도 한다), 차가 푸른

• **5월 6일**　원문에는 5, 6월로 되어 있으나, 내용을 참작하여 5월 6일로 해석하였다.

빛깔을 잃을 무렵에 불을 멈추고, 손으로 살짝 비벼서 온돌에 종이를 깔고 한 시간쯤 말린다. 이때 온돌의 온도는 보통이다. 만들어진 차는 조선 항아리(김치그릇)에 넣어 둔다. 깡통이라든가 도기가 있지만 한 번에 많이 저장되지 않는다. 다음에 백운옥판차의 포장 방법은 그림과 같은 상표가 그려진 소나무 틀(세로 7치 6푼, 가로 3치 5푼, 복판에 세로 5치 2푼, 가로 2치, 깊이 7푼쯤의 구멍을 뚫은 것)에 넣는 것이다. 틀에 넣고 포장하는 방법은 먼저 천으로 된 끈을 놓고, 그 위에 포장지를 깔고, 가로 4푼 5리, 길이 1자 6치의 대나무를 세로 5치, 가로 2치의 소나무 틀에 접어서 굽혀 넣고, 세로 1자 3치, 가로 2치의 종이를 깐다. 그 속에 정량의 차 16돈쭝을 넣는다. 다만 완전히 마른 차는 포장할 때 흐트러질 염려가 있으므로, 솔잎을 사용해 마른 차에 물을 살짝 뿌리고 손으로 잘 누른다. 그리고 깐 종이를 접어서 이음새를 풀로 붙인다. 이것을 따로 만든 포장지로 잘 싸고, 이틀쯤 지나서 푸른빛이 강한 녹색의 포장지 앞면에는 '백운옥판차', 뒷면에는 차꽃 도안을 눌러 찍는 것이다.

완성되면 상등품은 15~20전, 하등품은 10전에 판다. 이 부근에서도 조금씩은 팔고 있으나, 강진읍에서 10리나 떨어진 영암, 나주 부근까지도 팔러 간다. 한 해에 50개, 많을 때는 2백 개쯤 팔린다. 집에서 쓰는 데는 열 개 정도만 있으면 충분하다.

この白雲玉版茶といふのは、白雲洞にある玉版山のお茶といふ意味から命名したものとのことである。この茶は、自分自ら製造するとの事であつた。茶葉は、穀雨より立夏までに採取したものが一番良い。卽ち現今の陽暦で云へば、四月下旬から五月上旬(陰四月二十一日~五、六月)である。採取の時期及び、製造の方法によつて、上もの、中もの、下も

のがある。とて見本を見せてくれた。臭ひは普通の朝鮮茶で風味などない。溫突の臭ひがする。大體茶の細かさに依つて分けてゐる様である。上もの程細かくなつていた。

老人が更に附言して曰ふ、お茶の分け方は次の通りであると。

(一)麥茶。芽の出かけた若きものを摘葉したものであつて、昔のお金で七合で一兩位の價であつて、役人の御命令で造り、土地の役人がこれを京城に送つた。

(二)雀舌。麥茶を摘めば芽の先端が二つに分岐して出るから、葉を二つ乃至三つ位つけて取つたものである。

(三)矛茶。麥茶を摘んで芽の尖端が三つ以上に分岐したのを取つたものである。

(四)旗茶。葉が大きく廣くなつてから採つたものである。

尙茶を摘むのは一日中で、朝早く始めて、晝迄に終る。茶の葉は直ちに家に歸つて、釜にて焙る(又は蒸器にて蒸して揉む事もある)程度はお茶が靑味を失つた頃に、火を止めて、手に少しく揉み、紙を溫突に敷き、一時間位で乾す。そのときの溫突の溫度は普通である。

製茶の貯藏方法は、朝鮮瓮(漬物入れ)に入れて置く。ブリキ罐や陶器があるけれども一度に澤山貯藏されない。次に白雲玉版茶の包裝方法は、圖に示した様なレッテルで、松材の型(縱七寸六分、橫幅三寸五分、中央に縱五寸二分、幅二寸深さ七分位の穴を穿ちたるもの)に入れるのである。

型に入れて包裝する方法は、先づ布の紐を置いて、其上に表裝紙を敷き、幅四分五厘、長一尺六寸の竹を、縱五寸幅二寸、框に折り曲げたものを入れて、縱一尺三寸、幅二寸底紙を敷く。その中に定量の茶十六匁を入れる。然し乾き切つたお茶は、包裝の時崩れるおそれがあるから、松葉で乾茶に水を僅かかけて、上から手にてよく押へる。そして敷紙を曲げ、接目に糊付する。之を別に作つた型附き紙でよく包み、二日程經つてから、靑味强き、綠色素粉を塗つた型を以て包裝の表に、白雲玉版茶、裏にお茶の花の圖案化したものを押捺するのである。

出來上りの品は、上等であれば十五錢—二十錢で下等なものは拾錢で賣つてゐる。此の附近でも少しづゝは賣つてゐるが、康津邑の外十里も離れた灵岩、羅州、附近迄も賣りに行く。年五0個。多い時は二百個位賣れる。自家用としては十個位もあれば充分足りるのである。

출전: 『朝鮮の茶と禪』 「現地踏査」

해설　이 글은 백운동의 옥판차에 대해 기록한 것으로, 전라남도 강진군 성전면 수양리 이한영李漢永 노인(당시 71세)이 구술한 내용을 토대로 작성한 것이다. 1939년 2월 25일에 채록한 것이다.

모리 다메조 森爲三, 1884~1962

중국에서 가져온 사찰에 관련된 식물
寺に關係ある支那から持って來た植物

전라도의 산지에는 차나무가 많다. 이들 차나무는 지금은 야생 상태이
지만, 그 산지는 모두 사찰의 경역에 속하는데, 산허리 이하 남향의 햇
볕이 잘 드는 땅에 무리 지어 자라고 있다. 이러한 점에서 본다면 이들
차나무는 과거 승려의 손에서 종자가 심겨서 그 후예가 자란 것으로
볼 수 있다. 그리고 이 차의 원래 종자가 중국에서 가져온 것임은『삼
국사기』에 다음과 같이 기록되어 있다. ……조선에는 원래 자생하는
차가 없으므로, 이 기록을 보면 차의 열매가 중국에서 수입되어 주로
승려의 손에 의해 재배되어 온 것을 알 수 있다. 현재 조선 사람들은
그다지 차를 마시지 않지만, 신라·고려 및 이조 초기까지 승려나 상류
사회에서 차를 음용하였다. 이 사실은 신라의 경우 앞에서 인용한『삼
국사기』에서 분명히 알 수 있고, 고려 시대에는 충렬왕 때부터 공민왕
때까지 다섯 임금을 섬기며 두터운 신임을 받았던 이제현의 「송광사
스님이 차를 부쳐 준 데 감사하여」(謝松廣僧寄茶)(『동국여지승람』순
천順天 토산土産), 이조 시대 태조 때 하연의 「햇차」(新茶)(『동국여지승
람』진주 토산)를 보면, 차를 즐겼음을 알 수 있다. 지금도 다수의 차

나무가 있는 곳을 내가 아는 범위 안에서 기록해 두면 다음과 같다.

(1) 전라남도 나주군 다도면 불회사(신라 신덕왕 때 창건)

　　　당시 사찰 뒤 산자락 한쪽에 차나무가 있었고, 한때 광주의 오자키 아무개 씨가 여기서 매년 5백 근 정도의 차를 생산하였다.

(2) 전라남도 장흥군 유치면 보림사의 산

(3) 전라남도 화순군 동암면 천불 천탑이 있는 다화산(지금은 20탑, 40불 정도가 남아 있다.)

(4) 전라남도 나주읍 다보사가 있는 금성산

(5) 전라남도 장성군 백양사가 있는 백암산

(6) 전라남도 광주 인근의 무등산(이곳에서 무등차를 만든 적이 있다.)

(7) 전라남도 구례군 화엄사

(8) 전라남도 순천군 송광사가 있는 조계산

이상과 같이, 현재 차나무의 산지로 알려진 곳은 모두 전라남도이다. 이 밖에는 전라북도 및 경상남도의 지리산 인근에서 생산되는 곳이 있으나, 미처 조사하지 못하였다. 여하튼 현재 조선 사람들은 차를 마시지 않지만, 전라남도 각지의 사찰 인근에 차나무가 야생 상태로 존재한다는 점은 흥미로운 사실이다.

全羅道の山地には、茶の樹が多い。是等の茶は現今は野生の狀をなして居るが、其の產地は何れも寺刹の境域に屬し、山腹以下の南向きの日當りのよい地に叢生して居る。是等の點より見れば、是等の茶は、往昔僧侶の手によって、種が蒔かれたものゝ、後裔と見るべきものである。而してこの茶の原種は支那から持參されたものであることは、三國史記に次の如く記されて居る。…… 朝鮮には、元來茶の自生はないのであるから、右の記事

を見れば、茶の實が支那から輸入され、主として僧侶の手によって、栽培されて居ったものなることがわかる。現在朝鮮の人はあまり茶を飲まないが、新羅時代・高麗時代及び李朝初期まで、僧侶や上流社會では、茶を用ひしことは、新羅は前述の三國史記で明かなるが、高麗時代では忠烈王の時より恭愍王の時まで五朝に歴仕して歴朝の信任の厚かりし李齊賢の謝松廣僧寄茶詩(東國輿地勝覽順天土産)、及び李朝太祖の時の河演の新茶詩(同書晉州土産)を見れば、賞美せしことがわかる。現時尚多數の茶の木のある所、余の知って居る範圍では左記の箇所である。

(1) 全羅南道羅州郡茶道面佛會寺(新羅神德王の時創建)

　　同時の背後の山には、一面に茶の木があり、一時は光州の尾崎某氏が、これから毎年

　　五百斤 位づゝ茶を製して居ったとのことである。

(2) 全羅南道長興郡有治面の寶林寺の山

(3) 同道和順郡洞岩面の千佛千塔のある茶花山(現在は二十塔四十佛位よりない由)

(4) 同道羅州邑多寶寺のある錦城山

(5) 同道長城郡白羊寺のある白巖山

(6) 同道光州近くの無等山

　　これから無等茶を製して居ったことがある。

(7) 同道求禮郡華嚴寺

(8) 同道順天郡松廣寺のある曹溪山

かくの如、現在茶の木の産地をして知れて居るのは、凡て全羅南道である。其の他全羅北道及び慶尚南道の智異山に近い方に産する所がありとの事なるが、まだ調査して居らない。兎に角、現時朝鮮の人は茶を飲まないのに、全羅南道各所の寺の近くに、茶の木が野生狀をなして存することは興味あることである。

출전: 「朝鮮の寺刹と植物」

해설 이 글에서 모리 다메조는 조선의 차가 주로 승려들에 의해 재배되었음을 말하고, 그 주요 산지로 전라남도의 불회사, 보림사, 다화산, 다보사, 백양사, 무등산, 화엄사, 송광사 등을 들고 있다. 『文教の朝鮮』83号(朝鮮教育會, 1932)에 수록된 것이다.

미시나 쇼에이 三品彰英, 1902~1971

차와 예술 감상

고려 시대 차사茶史 자료의 대부분이 지금은 인멸되고 없지만, 생각지도 않던 고분에서 나온 출토품 가운데서 무엇보다도 우수한 자료, 즉 고려자기가 다수 우리들 앞에 나타난 사실은 이 분야에 관심을 두고 있는 사람들에게 무상의 즐거움이 아닐 수 없다. 차를 즐기는 마음은 이론이나 설명의 차원에 있는 것이 아니라, 심미적 직관을 거치고 나서야 얻어지는 세계이다. 이 점에 있어서만큼은 하나 혹은 한 줄의 문헌 자료를 아무리 교묘하게 다룬다 할지라도 결국에는 마음이 들어있지 않는 설명으로 끝날 수밖에 없는 것이고, 이러한 점에서 그들이 남긴 당시 예술의 한 조각에는 미칠 수 없는 것이다. 다도 연구의 명저인 『The Book of Tea』의 저자는 따로 한 장章을 마련하여 차와 예술 감상의 관계를 종합적으로 논한 대목에서 ……라고 하여, 우리 다인들이 뛰어난 예술품을 종교적 신비감마저 가지면서 귀중한 보배로 여긴 사실을 말하고 있다. 이처럼 고려자기의 우수함에 빠져들 때, 그것을 보배처럼 소장하여 애완한 그들의 느낌이 마음속 깊이 다가오면서, 그 애완의 마음이 단순한 일이 아니었음을 깨닫게 된다. ……고려자기에서 오는 감각이 고려인이 차를 사랑했던 마음이라고 한다면, 그것은 결코 이상하게 변질된 다인 취미가 아니라, 매우 순수하고 섬세한, 특별히 빼어난 감수성에서 온 것이라고 해야 할 것이다. 이런 점에서 우리들이 이 유품을 감상하고 애완하는 깊이에 비례하여, 그들을 이해하는 수준도 깊어지는 것이라고 말하지 않을 수 없을 것이다.

高麗茶史の資料の殆どか煙滅して居る今日ではあるけれども、計らずも墳塚からの出土品として、何物にも優る資料卽ち高麗燒が數多く吾々の前に現れて來たことは、この道に心ある人々の無上の悅びでなくてはならぬ。茶を悅ぶ心は、理論や說明の世界に於てゞはなくて、審美的直觀に訴へることによつてのみ觸れ得る世界である。この限りに於て、一個一半の文獻史料をたとへ巧妙に操つたとしても、結局は心なき說明に終る外なく、この點彼等の遺した當時の藝術の一片に及ぶべくもない。かの茶道研究の名著 ザ・ブツク・オブ・ティーの著者は、特に一章を設けて、茶と藝術感賞の關係を綜合的に論じたところに …… とて、我が茶人達がすぐれた藝術品を宗敎的神秘感をさへ伴つて重寶したことを述べて居るが、高麗燒の優秀に見入る時、これを珍藏愛翫した彼等の氣持が心にくい迄に迫つて來、その愛翫の情のたゞ事ではなかつたことが偲ばれる …… 高麗燒から來る感覺が、高麗人の茶を愛する心であつたとすれば、それは決して變にこぢれた茶人趣味ではなく、誠にすなほな、纖妍な殊に感受性に鋭い心であつたと云へよう。吾々はこの遺品を觀賞し愛玩することの出來る深度に應じて、彼等を理解するの度を深め行くことが可能であらねばならない。

출전:「朝鮮の茶」

해설　이 글에서 미시나 쇼에이는 차를 즐기는 마음은 이론이나 설명의 차원에 있는 것이 아니라, '심미적 직관'을 거치고 나서야 얻어지는 세계라고 하였다. 또 같은 맥락에서 고려자기에서 보이는 감각적 우수성은 곧 고려인이 차를 사랑했던 마음이라고 하였다. 『茶道』1(倉元社: 大阪, 1935)에 수록된 것이다.

인명 사전

ㄱ

고계高啓　　중국 원 말 명 초의 소주부蘇州府 장주長洲 사람. 자는 계적季迪, 호는 청구자靑邱子 또는 사헌槎軒. 시를 잘 지었으며 역사에 정통하여 오중사걸吳中四傑 혹은 북곽십우北郭十友로 불렸다. 저서로『고청구시집』高靑丘詩集,『구현집』扣舷集,『부조집』鳧藻集이 전한다.

고유섭高裕燮　　1905~1944. 미술사학자. 호는 우현又玄. 인천 출생. 개성 부립박물관 관장을 역임하면서 그곳의 유적과 유물에 많은 관심을 쏟았으며, 백제와 신라, 통일신라 때의 석탑을 양식론에 입각하여 체계화하였다. 일제 강점기 국내에서 미술사와 미학을 본격적으로 수학한 학자이자 우리 미술을 처음으로 학문화한 학자로 평가된다. 그 업적을 기리는 의미에서 우현상又玄賞이 제정되어 오늘에 이르고 있다.

곽종석郭鍾錫　　1846(헌종 12)~1919. 조선 말기의 유학자·독립운동가. 본관은 현풍玄風, 자는 명원鳴遠, 호는 면우俛宇. 1919년 3·1운동이 일어나자 김창숙金昌淑과 함께 파리 만국평화회의에 독립호소문을 보내고 옥고를 치렀다. 이진상李震相의 제자로 주리主理에 입각한 이기설理氣說을 주장하였다. 저서에『면우집』이 있다. 1963년 건국훈장 독립장에 추서되었다.

구준丘濬　　중국 명나라 때의 학자. 자는 중심仲深, 호는 옥봉玉峰, 시호는 문장文莊. 문연각 태학사文淵閣太學士를 지냈다. 국가의 전고典故에 밝았으며,

대표적 저술로 『대학연의보』大學衍義補, 『본초격식』本草格式 등이 있다.

기우만奇宇萬   1846(헌종 12)~1916. 조선 말기의 의병장. 본관은 행주幸州, 자는 회일會一, 호는 송사松沙. 기정진奇正鎭의 손자. 1881년 유생을 이끌고 행정 개혁을 요구하는 만인소萬人疏를 올렸으며, 1895년 명성황후가 시해되자 의병을 일으켜 장성·나주 등지에서 일본군과 싸웠다. 1906년 체포되어 복역하였으며, 1908년 고종이 퇴위당하자 은둔 생활을 하였다. 저서로 『송사집』이 있다. 1980년 건국훈장 독립장이 추서되었다.

김대렴金大廉   생몰년 미상. 828년(흥덕왕 3) 당나라에 사신으로 갔다가 귀국하면서 차의 종자를 가지고 왔는데 이를 흥덕왕이 지리산에 심게 하였다. 차는 선덕왕 때부터 있었으나, 이때부터 차가 번성하게 되었다고 한다. 차의 처음 재배지는 지금의 경상남도 하동군 쌍계사라 전해지고 있다.

김병시金炳始   1832(순조 32)~1898. 조선 말기의 문신. 본관은 안동安東, 자는 성초聖初, 호는 용암蓉庵, 시호는 충문忠文. 우의정과 좌의정을 거쳐, 동학 농민운동 때 청·일 양군의 개입을 극력 반대했으나 뜻을 이루지 못했다. 농민운동 후 개혁을 적극 주장하여 교정청을 설치하게 하였고, 청일전쟁이 일어나자 군국기무처 독판에 취임하였으며, 나중에 중추원 의장이 되었다.

김영목金永穆   1835(헌종 1)~1910. 조선 말기의 문신. 본관은 광산光山, 자는 청우淸友. 1870년 과거에 합격하여, 홍문관 부수찬·우부승지·대사성·이조참판·대사간·대사헌을 역임하였으며, 구한말에는 궁내부 특진관·비서원경·장례원경·홍문관 학사·궁내부 특진관·홍릉제조 등을 역임하였다.

김영수金永壽   1829(순조 29)~1899. 조선 말기의 문신. 본관은 광산. 자는 복여福汝, 호는 하정荷亭. 1870년 정시문과에 을과로 급제하여 예조판서·호조

판서·한성부 판윤·홍문관 대제학·궁내부 특진관·의정부 찬정·장례원경·홍문 관 대학사·의정부 참정 등을 두루 역임하였다. 특히 문재에 뛰어나 고종의 총애 를 받았으며, 저서로『하정집』荷亭集이 있다.

김영직金永稷   1831년(순조 31)~미상. 본관은 광산, 자는 수경樹卿, 호는 나운자蘿雲子. 1865년 식년시에 합격하였으며 사복시 첨정·홍천현감·광주廣州 판관을 역임한 기록이 남아 있다. 저서로『나운자초학집』蘿雲子初學集이 있다.

김윤식金允植   1835(헌종 1)~1922. 조선 말기의 문신·학자. 본관은 청풍 淸風, 자는 순경洵卿, 호는 운양雲養. 박규수朴珪壽의 문인. 1865년 음관蔭官으 로 출사하여 강화유수 등을 지냈다. 1910년 한일합방 후 일본으로부터 자작 작 위를 받았으며, 흥사단 등의 민족운동에 참여하기도 하였다. 저서로『운양집』, 『음청사』陰晴史,『속음청사』續陰晴史 등이 있다.

김정희金正喜   1786(정조 10)~1856(철종 7). 본관은 경주慶州, 자는 원춘元 春, 호는 완당阮堂·추사秋史 등. 1819년 문과에 급제하여 벼슬이 이조참판에 이 르렀다. 서화에 뛰어나 추사체秋史體를 대성했으며, 실사구시를 학문의 바탕으 로 삼았다. 저서로『완당집』,『금석과안록』金石過眼錄,『담연재시고』覃髥齋詩稿 등이 있다.

김택영金澤榮   1850(철종 1)~1927. 조선 말기의 학자. 본관은 화개花開, 자는 우림于霖, 호는 창강滄江·소호당주인韶濩堂主人. 1891년 진사가 되고, 편 사국 주사編史局主事, 중추원 서기관을 지내다가 이듬해 사직하고 낙향하였다. 1903년『문헌비고』文獻備考 속찬위원續撰委員으로 있다가 통정대부에 올랐으 며, 을사조약이 체결되자 1908년 중국으로 망명하여 학문과 문장으로 여생을 보 냈다. 저서로『한사계』韓史綮,『숭양기구전』崧陽耆舊傳 등이 있다.

김효찬金孝燦　　생몰년 미상. 본관은 김녕金寧, 자는 대겸大兼, 호는 남파南坡. 한말에 중추원 의관을 지냈으며, 1913년 윤종균尹鍾均·이병휘李秉輝 등과 함께 '난국음사'蘭菊吟社라는 시 모임을 조직하여 활동하였다. 저서로 『남파시집』南坡詩集이 있다.

ㄴ

노동盧仝　　중국 당나라 때 범양范陽 사람, 호는 옥천자玉川子. 소실산小室山에 은거하여 벼슬에 나아가지 않았으며, 한유韓愈를 존경하였다.

ㄷ

도기屠寄　　중국 청나라 말의 사학자·교육자·사회학자. 강소성江蘇省 무진武進 사람으로 자는 경산敬山, 호는 귀보歸甫. 1892년 진사에 합격하여 『광동여지도』廣東輿地圖를 편수하였으며, 저서로 『몽올아사기』蒙兀兒史記 등이 있다.

도잠陶潛　　중국 진晉나라 때의 시인. 자는 연명淵明, 호는 오류선생五柳先生. 팽택령彭澤令이 되었다가 「귀거래사」歸去來辭를 남기고 귀향하였다. 자연의 아름다움을 노래한 시가 많으며, 저서에 『도연명집』이 있다.

등우鄧禹　　중국 후한 때의 군사전략가. 남양南陽 신야新野 사람으로, 자는 중화仲華, 시호는 원후元侯. 13살 때 『시경』詩經을 모두 암송할 정도로 재주가 뛰어났고, 후한의 개국공신으로 광무제光武帝를 도와 24세에 삼공三公의 반열에 올랐다.

ㅁ

마쓰다 코松田甲   1868~1945. 일본인 저술가. 호는 학구學鷗·개몽皆夢.
1911년 조선총독부의 임시토지조사국 기사를 지냈으며, 1918년 체신리원양성
소遞信吏員養成所에서 수신修身과 국어國語(일어)를 가르쳤다. 측량 기사로 조선
전역을 답사하였고, 한일 관계를 비롯한 조선의 역사와 문학 등에 관한 다수의
글을 남겼다. 주요 저서로『朝鮮雜記』,『朝鮮漫錄』,『日鮮史話』등이 있다.

모로오카 다모쓰諸岡存   1879~1946. 일본인 의사·저술가. 일본 차 연
구의 선구자로 꼽히는 인물로 차의 약효와『다경』茶經 연구에 뛰어난 업적을 남
겼으며, 정신과 의사로 규슈九州대학에서 교편을 잡기도 하였다. 저서로『茶經評
釋』,『朝鮮の茶と禪』등이 있다.

모리 다메조森爲三   1884~1962. 일본 효고兵庫 현 출신. 1909년 조선에
와서 관립 한성고등보통학교 교수, 경성제국대학 예과 교수 등을 역임하였으며,
1937년 진돗개를 발견하여 천연기념물로 추천한 것으로 알려져 있다.

문일평文一平   1888(고종 25)~1936. 교육자·언론인·사학자. 본관은 남
평南平, 호는 호암湖巖. 일본에서 공부하고 중국의 신문사에서 근무하였으며 조
선일보사의 편집 고문으로 일하였다. 정치·외교·문화 등 다방면에 걸친 연구를
통해 역사의 대중화와 민중 계몽에 기여한 것으로 평가된다. 저서로『호암전집』
이 있다.

미시나 쇼에이三品彰英   1902~1971. 일본 사가滋賀 현 출신의 역사학자
이자 신화학자. 교토京都제국대학을 졸업하고 해군 교수, 도시샤同志社대학 교
수, 오사카大阪시립박물관장 등을 역임하였다. 한국고대사를 연구하여『新羅花
郎の研究』,『三国遺事考証』등의 저술을 남겼다.

민규호閔奎鎬   1836(헌종 2)~미상. 본관은 여흥驪興, 자는 경원景園, 호는 황사黃史, 사호賜號는 지당芝堂. 1859년 증광시에 합격하였으며, 고종 때의 척신戚臣으로 알려져 있다.

민태호閔台鎬   1834~1884. 조선 후기의 척신. 본관은 여흥. 자는 경평景平, 호는 표정杓庭·혜정蕙庭, 시호는 충문忠文. 척사파 유신환兪莘煥의 문인이자 사대수구당의 중진으로 김옥균金玉均 등의 개화당 세력과 대립 관계에 있었으며, 1884년 갑신정변 때 개화당 인사에게 참살당하였다. 글씨에 능하여 전서·예서·행서·초서를 모두 잘 썼으며, 영의정에 추증되었다.

ㅂ

박종화朴鍾和   1901~1981. 시인·소설가·비평가. 호는 월탄月灘. 휘문의숙徽文義塾을 졸업하고 『백조』白潮 동인으로 활동하였으며, 성균관대학교 교수, 서울시예술위원회 위원장, 한국문학가협회 초대 회장, 예술원 회장 등을 역임하였다. 주요 작품으로 『흑방비곡』黑房祕曲, 『금삼의 피』 등이 있다.

반악潘岳   중국 서진西晉 때의 시인. 자는 안인安仁. 20세 때 무제武帝가 몸소 밭을 가는 것을 찬미한 부賦를 지어 세상에 이름이 알려졌으나, 사람들의 시기를 받아 은둔하였다. 뒤에 부친의 부하에게 모함을 받아 일족과 함께 주살되었다. 주요 작품으로 「한거부」閑居賦, 「추흥부」秋興賦, 「도망시」悼亡詩 등이 있다.

변영만卞榮晩   1889(고종 26)~1954. 구한말 일제강점기의 법률가·학자. 본관은 밀양密陽, 자는 곡명穀明, 호는 산강山康. 한학을 수업하다가 신학문에 뜻을 두어 관립법관양성소, 보성전문학교를 나와 광주지방법원 판사가 되었다.

사법권이 일본에 이양되자 사직하고 변호사 개업을 했다가 북경에 망명하였다. 1918년에 귀국하였고, 해방 후에는 성균관대학교 교수를 역임하였다. 저서로 『산강재문초』山康齋文抄가 있다.

부용당芙蓉堂 **김운초**金雲楚　　생몰년 미상. 19세기 여성 시인으로 이름은 부용芙蓉. 원래 성천成川 기생으로 나중에 김이양金履陽의 소실이 되어 시를 주고받으며 노닐었다. 저서로 『운초당시고』雲楚堂詩稿가 있다.

ㅅ

사마상여司馬相如　　중국 한漢나라의 문장가. 자는 장경長卿. 「자허부」子虛賦와 「상림부」桑林賦는 후대 부賦 문학에 많은 영향을 끼쳤다. 아내 탁문군卓文君과의 로맨스도 유명하다. 저서에 『사마장경집』이 있다.

사종가謝宗可　　중국 원나라 때 시인. 1330년 전후에 살았던 인물로 추정되며, 자와 호는 미상이다. 스스로 '금릉金陵 사람'이라고 하였는데, '임천臨川 사람'이라 하기도 한다. 『영물시』詠物詩 1권을 편찬했다.

사포蛇包　　생몰년 미상. 원효 대사의 후배 도반이면서 조력자. 사복蛇福, 사복蛇卜, 사복蛇伏 혹은 사파蛇巴 라고도 한다. 경주 흥륜사興輪寺 금당 벽화에 그려졌던 신라 십성十聖 중 한 명으로, 원효가 고선사高仙寺에 머물 때(681~687), 사포 모친의 장례를 함께 거행했다고 한다.

서긍徐兢　　중국 송나라 사람. 자는 명숙明叔, 호는 자신거사自信居士. 18살 때 태학에 입학했고, 휘종徽宗 선화宣和 6년(1124)에 고려에 사신으로 와서 개성에 1개월간 머물다가 귀국했다. 산수인물화를 잘 그리고, 전서와 주서籀書에도 능했으며, 『선화봉사고려도경』宣和奉使高麗圖經 40권을 지어 고려의 실정을 송나라에 소개했다.

서상우徐相雨　1831(순조 31)~1903. 조선 말기의 문신. 본관은 달성達成, 자는 은경殷卿, 호는 규정圭廷·추당秋堂, 시호는 문헌文憲. 1882년 별시문과에 장원으로 뽑힌 후 미·영 양국과의 수호통상조약 체결에 종사관으로, 갑신정변 때 특파전권대신으로 활약하였다. 또 한로밀약설韓露密約說의 진상을 해명하기 위해 중국 천진에 다녀왔으며, 영국의 거문도 점령에 항의하고 철수를 요구하였다.

서홍조徐弘祖　중국 명나라 말기의 지리학자. 자는 진지振之, 호는 하객霞客. 어려서부터 역사와 지리책을 널리 읽고 전국을 두루 답사하여, 산수·풍속·산물 등 지리적인 특징을 자세히 살펴 기록하였다. 그 결과물인 『서하객유기』徐霞客游記는 명나라 지리학 연구에 중요한 자료로 활용되고 있다.

센리큐千利休　선사. 일본 전국戰國 시대 다도茶道의 대성자. 일본에서는 '다조'茶祖로 일컬어지며 화경청적和敬淸寂의 정신을 강조하였다. 1585년 천황 앞에서 다회茶會를 시연하여 리큐利休라는 이름을 받았다. 1591년 도요토미 히데요시와 충돌하여 결국 할복하였다.

소식蘇軾　중국 송나라의 저명한 문장가. 자는 자첨子瞻, 호는 동파東坡·동산거사東山居士. 당송팔대가唐宋八大家의 한 사람이며, 서화에도 능했다. 부친 소순蘇洵, 아우 소철蘇轍과 함께 삼소三蘇로 불린다. 저서로 『소동파전집』이 있다.

송운회宋雲會　1874(고종 11)~1965. 전남 보성군에서 태어난 서예가이자 다인茶人. 이건창李建昌의 문인으로 전국의 명산대천을 순례하였고, 서예에 정진하여 설주체雪舟體를 이루었다. 저서로『설주유고』雪舟遺稿가 있다.

송태회宋泰會   1872(고종 9)~1941. 전남 화순和順 출생의 언론인이자 교육자로, 자는 평숙平叔, 호는 염재念齋. 1888년 진사시, 1900년 박사시를 거쳐 성균관에서 수업하였으며,『대한매일신보』기자로 활약하였다. 국권 피탈 후에는 1918년 전북 고창군에 오산고보五山高普를 설립, 학생들에게 민족 사상을 고취하였다. 서예와 그림에도 뛰어났으며, 저서로『염재유고』念齋遺稿가 있다.

ㅇ

아유카이 후사노신鮎貝房之進   1864~1946. 일본의 언어학자·역사학자·가인歌人. 호는 괴원槐園. 지금의 미야기宮城 현 게센누마仙沼 시 출신으로, 언어학에 기반을 두고 조선 고대의 지명·왕호王號 등을 고증하였으며, 민속학적 연구를 병행하였다. 저서로『(雜攷)花郎攷·白丁攷·奴婢攷』가 있다.

안영晏嬰   중국 춘추시대 정치 사상가. 제나라 경공景公의 신하로, 흔히 안자晏子라고 부른다. 저서로『안자춘추』晏子春秋가 있다.

안종수安宗洙   1859(철종 10)~1896. 본관은 광주廣州, 호는 기정起亭. 1881년 신사유람단의 일원으로 일본을 시찰하였으며, 1886년 통리교섭통상사무아문 주사로 있던 중 김옥균과 한패라는 이유로 대마도로 유배되었다. 그 후 석방되었으나, 1895년 참서관으로 재직하던 중 기우만 의병대에게 살해되었다. 저서로 근대 과학에 입각한 한국 최초의 농업 기술서인『농정신편』農政新編이 있다.

에이사이榮西   일본 가마쿠라鎌倉 시대의 승려. 중국 송나라에서 유학하였으며, 1187년 일본에 차를 들여왔다. 임제종臨濟宗 겐닌사建仁寺 파의 개조가 되며, 1215년 주후쿠사壽福寺를 창건하는 등 활발한 선교 활동을 하였다. 주요 저서로『흥선호국론』興禪護國論,『끽다양생기』喫茶養生記 등이 있다.

역도원酈道元 중국 북위北魏 때 범양范陽 사람으로, 자는 선장善長. 학문을 좋아했고 기서奇書를 많이 보았다. 형주자사荊州刺史를 지냈으며, 저서에『수경주』水經注가 있다.

오효원吳孝媛 1889(고종 26)~미상. 개화기의 여성 문인이자 외교 활동가. 의성義城 출생으로 본관은 해주海州, 초명은 덕원德媛, 호는 소파小坡·수구隨鷗. 어려서부터 글재주가 뛰어났으며, 한시 문단의 마지막 세대로 조선·일본·중국 등을 오가며 문단과 사교계에서 활약하였다. 저서로『소파여사시집』小坡女士詩集이 있다. 1929년 이후의 행적은 미상이다.

왕검王儉 중국 남조 제나라의 문학가이며 목록학자. 자는 중보仲寶, 시호는 문헌文憲. 무제 때 시중과 상서령을 역임하였고, 국자좨주國子祭酒·학사관주學士館主·태자소부太子少傅·위군장군衛軍將軍·중서감中書監 등을 두루 지냈다. 목록서인『칠지』七志를 찬술하였다.

왕공王恭 중국 진晉나라 무제 정황후定皇后의 오빠. 왕공이 학창의鶴氅衣를 입고 눈 속을 거닐자 맹창孟昶이 엿보다가 신선과 같다고 찬탄하였는데, 당시 사람들이 그의 아름다운 자태를 보고는 '봄철의 버들'[春月柳]에 비유하였다는 고사가 있다.

왕승우王僧祐 중국 남조 송나라 낭야瑯琊 사람. 자는 윤종胤宗. 노장老莊을 좋아하고 초서와 예서에 능했으며 거문고를 잘 탔다. 여러 차례 벼슬에 천거되었으나 나아가지 않았으며, 제나라 무제에게「강무부」講武賦를 지어 올렸다.

왕휘지王徽之 중국 동진東晉 때의 서예가. 자는 자유子猷. 왕희지王羲之의 다섯째 아들. 세상의 잡다한 일에 관심이 없었고, 대나무를 '차군'此君이라 부르며 좋아한 것으로 유명하다. 대표작으로 〈왕휘지애죽도〉王徽之愛竹圖·《신월첩》新月帖 등이 있다.

원안袁安 중국 후한 때의 정치가로. 자는 소공邵公. 자신을 포함하여 4대에 걸쳐 삼공三公을 지냈다. 벼슬하기 전 어느 날 낙양洛陽에 폭설이 내리자 사람들은 모두 눈을 치우고 밖으로 나와 걸식을 하였지만, 그는 차라리 굶어 죽겠다면서 집에 누워 있었다는 고사가 전한다.

원효元曉 617(진평왕 39)~686(신문왕 6). 신라의 고승. 속성은 설씨薛氏, 원효는 법명. 설총薛聰의 아버지이다. 당나라 유학길 중 어둠 속에서 마신 물이 해골에 고인 물이었음을 알고 크게 깨달았다는 일화로 유명하다. 평생 불교 사상의 융합과 실천에 힘썼다. 저서에『대승기신론소』大乘起信論疏 등이 있다.

유신庾信 중국 북주北周 때의 문장가로, 자는 자산子山. 육조시대의 최후를 장식하는 시인으로 당나라 율시의 선구가 되었으며, 서릉徐陵과 함께 '서유체'徐庾體로 일컬어졌다. 대표작으로「고수부」枯樹賦가 있으며, 저서로『유자산문집』庾子山文集이 있다.

유인석柳麟錫 1842(헌종 8)~1915. 조선 말기의 의병장. 본관은 고흥高興, 자는 여성汝聖, 호는 의암毅菴. 위정척사 사상의 원류인 이항로李恒老의 문하에 들어가 존화양이尊華攘夷 사상을 철저히 익혔다. 1876년 병자수호조약 체결에 반대하는 상소를 올렸으며, 1894년 갑오경장 후 김홍집 내각이 성립되자 의병을 일으켰으나, 관군에게 패전하고 만주로 망명하여 연해주에서 병사하였다. 저서로『의암집』,『소의신편』昭義新編 등이 있다.

유제양柳濟陽 1846(헌종 12)~1922. 조선 말기의 시인으로, 자는 낙중洛中, 호는 이산二山 · 난사蘭樹 · 안선재岸船齋 · 쌍봉雙峰. 구례 출신의 시인들과 시회詩會를 결성하여 활동하였으며, 1만여 수의 시를 남겼다. 구례군 토지면 오미리에 있는 99칸 전통 한옥인 운조루雲鳥樓의 5대 주인이다. 저서로 『쌍봉시집』, 『이산시고』二山詩稿가 있으며, 1851년부터 쓰기 시작한 『시언』是言이라는 일기가 있다.

유종원柳宗元 중국 당나라 때의 문장가. 자는 자후子厚. 당송팔대가의 한 사람으로, 한유와 함께 고문운동古文運動을 제창하였다. 그의 산수유기山水遊記는 경물의 특징을 묘사하는 데 뛰어난 것으로 유명하다. 저서에 『유하동집』柳河東集이 있다.

육기陸機 중국 서진西晉 때의 문학가. 자는 사형士衡. 오吳나라 출신으로 태학太學의 장長에 임명되었으며, 고위 관직에 올랐지만 후에 황제를 폐하고 수도를 점령하려던 정치 음모에 연루되어 처형되었다. 그의 작품 「문부」文賦는 문장 구성의 원칙을 정의한 뛰어난 문학비평서로 평가된다.

육우陸羽 중국 당나라 때 경릉竟陵 사람. 자는 홍점鴻漸, 호는 경릉자竟陵子, 아호는 상저옹桑苧翁 · 동강자東岡子 · 동원선생東園先生 등. 평소에 차를 좋아해 다신茶神으로 받들어졌으며, 저서로 『다경』茶經, 『고저산기』顧渚山記, 『남북인물지』南北人物志 등이 있다.

육유陸游 중국 송나라 때 문장가. 자는 무관務觀, 호는 방옹放翁. 보장각 대제寶章閣待制를 지냈다. 특히 시에 뛰어나서 검남일파劍南一派를 이루었으며, 저서로 『입촉기』入蜀記, 『남당서』南唐書, 『위남문집』渭南文集 등이 있다.

의순意恂 1786(정조 10)~1866(고종 3). 조선 후기의 승려. 속성은 장張, 본관은 나주羅州, 자는 중부中孚, 호는 초의艸衣. 15세 때 남평 운흥사雲興寺에서 출가하였다. 정약용丁若鏞에게 시문을 배웠고, 김정희 등과 교유하였으며, 조선 다도茶道의 정립자로 불린다. 두륜산에서 40년간 수행하였다. 저서로「동다송」東茶頌, 『일지암유고』一枝庵遺稿 등이 있다.

이건방李建芳　　1861(철종 12)~1939. 조선 말기의 학자, 항일우국 지사. 강화에서 출생하였으며, 본관은 전주全州, 자는 춘세春世, 호는 난곡蘭谷. 정명도程明道와 왕양명王陽明의 책을 독신하였으며, 한일병합조약이 체결되자 독립운동을 위하여 만주로 망명하려다가 양명학의 학통을 이어가기 위해 국내에 잔류하였다. 그 후 경학원 대제학을 맡아 달라는 조선총독부의 권유를 거절하여 일본 경찰의 요시찰 인물이 되었다. 저서로『난곡존고』蘭谷存藁가 있다.

이건창李建昌　　1852(철종 3)~1898. 조선 말기의 문신·학자. 강화 출생으로 본관은 전주, 자는 봉조鳳朝(鳳藻), 호는 영재寧齋. 충청도 암행어사, 한성부 소윤 등을 역임하였으나, 갑오경장 이후 관직에 나아가지 않았다. 양명학자로서 심학心學을 강조하여 이웃 나라에서 부강을 구하는 비주체적 개화를 극력 반대하였다. 저서로『명미당집』明美堂集, 『당의통략』黨議通略이 있다.

이규태李奎泰　　1933~2006. 대한민국의 언론인. 연세대학교를 졸업하고 1959년 조선일보사에 입사하여 문화부, 사회부, 편집부 기자를 거쳐 논설위원을 역임했다. 『조선일보』에 1983년 3월부터 2006년 2월 23일까지「이규태 코너」를 23년 동안 6,702회 연재하면서 언론사상 최장기 칼럼 연재 기록을 세웠다.

이기李沂　　1848(헌종 14)~1909. 조선 말기의 계몽사상가. 전북 만경 출생으로, 본관은 고성固城, 자는 백증伯曾, 호는 해학海鶴. 1905년 포츠머스조약 체결 시 일본에 가서 한국 침략을 규탄하는 서면 항의를 하였으며, 대한자강회를 조직 항일운동과 민중계몽운동을 하였다. 저서로『해학유서』海鶴遺書가 있으며,

1968년 건국훈장 독립장이 추서되었다.

이남규李南珪   1855(철종 6)~1907. 조선 말기의 항일운동가. 충남 예산 출생으로 본명은 원팔元八, 본관은 한산韓山, 호는 수당修堂·산좌油佐. 명성황후 시해 사건 후 일본에 대한 복수를 상소하였으며, 의병 민종식閔宗植을 숨겨 주었다는 이유로 일본군에 잡혀 피살되었다. 1962년 건국훈장 독립장이 추서되었다.

이능화李能和   1869(고종 6)~1943. 역사·민속학자. 자는 자현子賢, 호는 간정侃亭·상현尙玄·무능거사無能居士. 1910년 국권 피탈 후에 조선사 편찬 및 민족 문화 각 분야에 뛰어난 연구 업적을 남겼다. 『조선불교통사』, 『조선무속고』朝鮮巫俗考, 『조선해어화사』朝鮮解語花史 등 많은 저서를 남겼다.

이병기李秉岐   1891(고종 28)~1968. 국문학자·시조시인. 호는 가람. 많은 고전을 발굴하고 주해하였으며, 국문학을 체계적으로 정리하였다. 주요 저서로 『가람시조집』, 『국문학개론』, 『가람문선』 등이 있으며, 전라북도 전주시 다가공원에 시비가 세워져 있다.

이병호李秉浩   생몰년 미상. 매천 황현黃玹의 제자로 추정되는 인물. 자는 선오善푬, 호는 백촌白寸. 유제양의 『시언』과 유형업柳螢業의 『기어』紀語에 의하면 구례군 용방면 용강리 두동 마을에 살았다고 한다.

이에이리 가즈오家入一雄   1900~1982. 일본인 산림기사. 1938년 무렵 전라남도 광주에서 산림기사로 근무하였으며, 이를 계기로 일본 차 연구의 선구자인 모로오카 다모쓰와 함께 한국 남부 지방 일대 토산 차의 분포지를 현지 답사해 기록을 남겼다. 그 기록이 모로오카와 함께 저술한 『朝鮮の茶と禪』이다.

이완용李完用　1858(철종 9)~1926. 조선 말기의 문신·친일파. 경기도 광주 출신으로 본관은 우봉牛峰, 자는 경덕敬德, 호는 일당一堂. 한말 을사 5적신의 한 사람이며 일본에 나라를 팔아먹은 최악의 매국노로 불린다. 고종을 협박하여 을사조약 체결과 서명을 주도했고 의정부를 내각으로 고친 후 내각총리대신이 되어 일본과 한일병합조약을 체결했다. 헤이그특사 사건 후 고종을 추궁하여 물러날 것을 강요했고, 순종을 즉위시켰다.

이은상李殷相　1903~1982. 시조작가·사학자. 본관은 전주, 호는 노산鷺山, 필명은 남천南川·강산유인江山遊人·두우성斗牛星. 가곡으로 작곡되어 널리 불리는「가고파」,「성불사의 밤」,「옛 동산에 올라」등을 썼으며, 대학교수를 비롯해 다양한 활동을 하였다. 시문집『노산문선』鷺山文選, 수필집『무상』無常, 『이충무공일대기』등 100여 권의 저술을 남겼다.

이익李瀷　1681(숙종 7)~1763(영조 39). 본관은 여주驪州, 자는 자신自新, 호는 성호星湖. 재야의 선비로 일생 동안 학문에 전념하였으며, 뛰어난 제자들을 배출하여 성호학파를 이루었다. 저서로『성호사설』星湖僿說,『곽우록』藿憂錄, 『성호선생문집』등이 있다.

이하응李昰應　1820(순조 20)~1898. 고종의 아버지로 본관은 전주, 자는 시백時伯, 호는 석파石坡, 시호는 헌의獻懿. 1843년 흥선군興宣君에 봉해지자, 세도 정치를 타파하고 서원을 정리했다. 서화에 능했으며 특히 난초를 잘 그렸다.

ㅈ

자장慈藏　약 590(진평왕 12)~658(태종무열왕 5). 신라 시대의 승려. 속명은 김선종랑金善宗郎이며, 흔히 자장 율사라고 부른다. 계를 받고 불교에 귀의하는 법도를 확립했으며, 통도사를 창건하고 금강계단金剛戒壇을 세우는 등 전국 각처에 10여 개의 사찰을 건립하였다. 저서로 『아미타경소』阿彌陀經疏, 『아미타경의기』阿彌陀經義記, 『사분율갈마사기』四分律羯磨私記 등이 있었으나 현재 전하지 않고, 일본 승려 료추良忠의 『법사찬사기』法事讚私記 속에 『아미타경의기』에서 옮긴 구절이 남아 있다.

장유화상長遊和尙   설화 속 인물. 허 왕후의 오빠로 허보옥許寶玉 혹은 보옥선인寶玉仙人이라고 불린다. 김수로왕의 7왕자를 데리고 지리산에 들어가 성불하게 했다는 이야기가 전한다. 경남 김해시에 그의 이름을 딴 장유계곡이 있으며, 계곡 위쪽 장유암에는 사리탑(경남문화재자료 31)이 있다.

장지연張志淵   1864(고종 1)~1921. 조선 말기의 언론인·계몽운동가. 경상북도 상주 출신으로 본관은 인동仁同, 초명은 지윤志尹, 자는 화명和明·순소舜韶, 호는 위암韋庵·숭양산인嵩陽山人. 1905년 을사조약이 체결되자 『황성신문』에 「시일야방성대곡」이라는 사설을 발표하여 일본의 흉계를 통박하고 그 사실을 널리 알렸다. 그러나 1914년부터 1918년까지 조선총독부의 기관지 구실을 한 『매일신보』에 필진으로 참여해 일본의 지배에 협력했다는 비판을 받고 있다. 『조선유교연원』朝鮮儒敎淵源, 『대동시선』大東詩選, 『일사유사』逸士遺事 등 많은 저술을 남겼다.

정대창程大昌   중국 남송 때 정치가·학자. 휘주徽州 휴녕休寧 사람으로 자는 태지泰之, 시호는 문간文簡. 『정문간집』程文簡集 20권이 있었으나, 지금은 『시론』詩論, 『연번로』演繁露, 『고고편』考古編 등이 전한다. 『주문충공집』周文忠公集 제62권 「정공신도비」程公神道碑와 『송사』宋史 제433권에 그의 행적이 전한다.

정약용丁若鏞　　1762(영조 38)~1836(헌종 2). 본관은 나주羅州, 자는 미용美庸·귀농歸農·송보頌甫, 호는 다산茶山·사암俟菴·자하도인紫霞道人·탁옹籜翁 등, 당호는 여유당與猶堂·사의재四宜齋, 시호는 문도文度. 1789년 문과에 급제하여 곡산부사와 형조참의를 지냈다. 1801년 신유박해 때 장기로 귀양 갔다가, 강진으로 이배移配되어 18년간 유배 생활을 하였다. 『목민심서』牧民心書, 『경세유표』經世遺表 등 많은 저술이 있는데, 종합하여 『여유당전서』與猶堂全書로 간행되었다.

종병宗炳　　중국 남조 송나라 때의 화가로, 자는 소문少文. 그림뿐만 아니라 글씨와 거문고에도 뛰어났다. 혜원 법사慧遠法師의 백련사白蓮社 창건에 참여하였다. 저술로 「화산수서」畵山水序가 있다.

좌사左思　　중국 서진 때의 문장가로, 자는 태충太沖. 그가 지은 「삼도부」三都賦를 황보밀皇甫謐이 보고 감탄하여 서문을 써 주자, 너도나도 베끼는 바람에 낙양의 종이 값이 올랐다고 하는 유명한 일화가 있다.

죽서당竹西堂 **박씨**朴氏　　19세기 여성 시인. 박종언朴宗彦의 서녀庶女로 호는 반아당半啞堂. 어려서 책 읽기를 좋아하였으며, 여성 시인 금원錦園 (1817~?)과 친하였다. 저서로 『죽서시집』竹西詩集이 있다.

지규식池圭植　　1851(철종 2)~미상. 구한말 궁궐과 관청에 각종 그릇을 납품한 공인貢人. 1891년(고종 28)부터 1911년까지 20여 년간에 걸쳐 쓴 『하재일기』荷齋日記의 저자로 유명하다. '하재'는 그의 호로 추정된다.

지재당只在堂 **강씨**姜氏　　19세기 여성 시인. 김해 기생 출신으로 이름은 담운澹雲. 차산此山 배전裵婰의 소실로 글씨에도 뛰어났다고 한다. 서울에 경매실庚梅室이라는 서실을 마련하고 강위姜瑋가 주동하던 육교시사六橋詩社에서 시회 활동을 하기도 하였다. 저서로 『지재당고』가 있다.

진등陳登　　중국 삼국시대 위魏나라 사람. 자는 원룡元龍. 25세에 효렴孝廉으로 천거되어 벼슬을 시작하였고 전농교위典農校尉를 지냈다. 많은 서적을 박람하여 문예文藝가 있었으며 문무를 겸비하여 명사名士로 불렸는데, 39세의 젊은 나이로 죽었다.

ㅊ

천보天輔　　1872(고종 9)~1965. 근대의 승려. 속성은 김씨金氏, 법호는 구하九河, 자호는 취산鷲山. 통도사 주지 등을 역임하며 승풍僧風 재정비에 주력하는 한편, 상하이 임시정부에 군자금을 조달하는 등 항일운동에도 참여하였다. 친일인물로 분류되었으나, 2005년 독립운동 자금 지원 사실이 발견되어 불명예를 벗었다.

최남선崔南善　　1890(고종 27)~1957. 한국 근대의 계몽운동가·사학자·문인. 아명은 창흥昌興, 자는 공륙公六, 호는 육당六堂·한샘·남악주인南嶽主人 등. 한국 근대 문학의 선구자로 독립선언문을 기초했으며 민족대표 48인 중 한 사람이다. 그러나 3·1운동 이후 조선사편수회와 관련을 맺고 침략 전쟁을 미화하는 등 친일 활동을 하였다. 1958년에는 그가 말년에 기거한 서울 우이동 소원素園에 기념비가 세워졌고, 방대한 양의 『육당최남선전집』이 간행되었다.

최녕崔寧　　중국 당나라 때의 명장. 위주衛州 사람으로 본명은 간肝. 위주·검남劍南·운남雲南 등 여러 곳에서 종군하였으며, 절충랑장군折沖郎將軍을 역임하였다.

최영년崔永年 1856(철종 7)~1935. 교육자·언론인·문인. 본관은 경주慶州, 자는 성일聖一, 호는 매하산인梅下山人. 경기도 광주 출생으로 신소설 『추월색』의 작가인 최찬식崔瓚植의 아버지이다. 갑오경장 후 고향에 시흥학교를 설립하고 『제국신문』을 주재하였으며, 설화집 『실사총담』實事叢譚과 악부시집 『해동죽지』 등을 저술하였다.

최치원崔致遠 857(문성왕 19)~미상. 신라 말의 문인. 본관은 경주, 자는 고운孤雲·해운海雲. 육두품 출신으로 당나라에 유학하여 빈공과에 급제하였다. 879년 황소黃巢의 난이 일어났을 때 고변高騈의 종사관으로 「토황소격문」討黃巢檄文을 지어 문명을 날렸다. 귀국한 뒤 진골 중심의 독점적 신분 체제에 절망하여 가야산 해인사에 들어가 머물렀다. 저술에 『계원필경집』桂苑筆耕集, 『사산비명』四山碑銘 등이 전한다.

ㅎ

학눌學訥 1888(고종 25)~1966. 근대의 승려. 평안남도 양덕 출신으로 속명은 이찬형李燦亨, 본관은 수안遂安, 법호는 효봉曉峰·원명元明. 가야총림 초대 방장 및 통합종단 초대 종정을 지냈으며, 정화불사운동에 중추적 역할을 하였다. 평소 계율을 철저히 지키고 제자들을 엄하게 가르쳐 문하에서 훌륭한 인재가 많이 배출되었다.

한용운韓龍雲 1879(고종 16)~1944. 승려·시인·독립운동가. 속명은 유천裕天, 본관은 청주清州, 자는 정옥貞玉, 호는 만해萬海(卍海), 계명戒名은 봉완奉玩. 일제강점기에 시집 『님의 침묵』을 출판하여 저항 문학에 앞장섰고, 청년 운동을 강화하여 불교의 현실 참여를 주장하였다. 주요 저서로 『조선불교유신론』 등이 있다.

한장석韓章錫　　1832(순조 32)~1894(고종 31). 조선 말기의 문신. 본관은 청주淸州, 자는 치수穉綏·치유穉由, 호는 미산眉山·경향經香, 시호는 효문孝文·문간文簡. 1872년 문과에 급제하여 판서·대제학·함경도관찰사를 역임하였으며, 김윤식·민태호 등과 함께 문장가로 명성을 날렸다. 저서로『미산집』이 있다.

한창수韓昌洙　　1862(철종 13)~1921. 대한제국 때의 관료. 영국·독일·이탈리아 공사관의 3등 참서관으로 근무하였으며, 1906년 이재완李載完의 수행원이 되어 일본에 다녀왔다. 1910년 일제로부터 남작의 작위를 받고 중추원 고문과 이왕직李王職 장관을 역임하였다.

허백련許百鍊　　1891(고종 28)~1977. 한국화가. 본관은 양천陽川, 호는 의재毅齋. 전라남도 진도 출생. 조선미술전람회에 수석 입선하며 작품 활동을 시작, 광주농업고등기술학교 교장, 대한민국 미술전람회의 심사위원을 지냈다. 1946년 무등산 차밭을 사들여 삼애다원三愛茶園을 설립하여 춘설차春雪茶를 생산하였다. 대표작으로 〈계산청하〉溪山靑夏(1924), 〈설경〉雪景(1965), 〈추경산수〉秋景山水(1971) 등이 있다.

허황옥許黃玉　　금관가야의 시조인 김수로왕의 비妃. 민간에서는 허 황후許皇后라고 하며, 김해金海 김씨金氏, 김해 허씨許氏의 시조모가 된다.『삼국유사』「가락국기」에 따르면 본래 인도 아유타국阿踰陀國의 공주였는데, 부왕父王이 꿈에서 상제의 명을 받고 수로왕의 배필이 되게 하였다고 한다. 시호는 보주태후普州太后.

혜소慧昭　　774(혜공왕 10)~850(문성왕 12). 신라 후기의 고승. 속성은 최崔, 자는 영을永乙, 호는 무의자無衣者. 민간에서는 진감 국사眞鑑國師 혹은 진감 화상으로 알려졌다. 당나라에 가서 범패를 배우고 돌아와, 지리산에서 옥천사玉泉寺를 창건하고 수도하였다. 최치원이 그의 비명碑銘을 지었으며, 저서로『어산

구감』魚山九鑑이 있다.

홍순익洪淳翊　생몰년 미상. 조선 말기의 학자. 저서로『성재집』惺齋集이
있다.

황우연黃宇淵　생몰년 미상. 호는 양석養石. 송운회와 교유한 인물이나 미
상이다.

황현黃玹　1855(철종 6)~1910. 조선 말기의 순국지사·문장가. 본관은 장
수長水, 자는 운경雲卿, 호는 매천梅泉. 1910년 일제에 의해 국권이 피탈되자 통
분하며 절명시絶命詩 4편을 남기고 음독 순국하였다. 저서로『매천집』,『매천야
록』梅泉野錄,『오하기문』梧下記聞,『동비기략』東匪紀略 등이 있다.

ㄱ

가례家禮　중국 송나라 주희朱熹가 지은 예서禮書. 5권과 부록 1권. 보통
『주자가례』朱子家禮라고 한다. 관冠·혼婚·상喪·제祭에 관한 예법이 기록되어
있다. 우리나라에는 고려 말 전해졌고, 조선조에 들어와 사례四禮의 기준으로 정
착되었다. 조선의 현실과 맞지 않아 예송禮訟의 원인이 되기도 했지만, 예학禮學
발전에 기여하였다.

가례의절家禮儀節　중국 명나라 때의 유학자 구준丘濬이 편집한 예서禮書.
8권. 『주자가례』를 시행하는 절차와 착용하는 복장 등에 대해 그림을 첨부하여
해설해 놓았다. 『구씨의절』丘氏儀節 혹은 『구의』丘儀라고도 한다.

개화백경開化百景　한국 근대의 언론인 이규태가 저술한 책. 총 5권. 저자
가 1968년 3월부터 그해 연말까지 60회에 걸쳐 『조선일보』에 연재한 개화기의
사회상을 다룬 글들을 나눠 묶었다. 1969년 신태양사新太陽社에서 처음 간행되
었으며, 2000~2001년 조선일보사에서 다시 간행하였다.

고려도경高麗圖經　중국 송나라 서긍徐兢이 지은 책. 총 40권. 정식명칭은
『선화봉사고려도경』宣和奉使高麗圖經. 1123년 송나라 사신의 일원으로 고려를
방문한 서긍이 당시의 견문을 그림과 글로 설명한 것으로, 28개 문門 300여 항
목으로 분류되어 있다.

고려청자高麗靑瓷　　고유섭高裕燮의 수필집. 원래 1939년 일본 도쿄 호운샤寶雲舍에서 '朝鮮の靑瓷'라는 제목으로 간행한 것인데, 진홍섭秦弘燮이 '고려청자'로 번역하여 1954년 을유문화사에서 출간하였다. 총 14편 2부로 구성되어 있으며, 고려에서 조선에 이르기까지 문헌을 위주로 청자의 연구 결과를 평이하게 서술하였다. 청자는 물론 한국의 문화를 이해하고 감상하는 지침이 된다. 뒤에 1977년 삼성문화재단, 2010년 열화당에서 『우현 고유섭 전집』으로 재간행하였다.

ㄴ

난곡존고蘭谷存稿　　조선 말기의 학자·문인 이건방李建芳의 시문집. 13권 4책, 필사본. 이건방의 맏아들 이종하李踵夏가 편집·필사하였다. 권1에 시가, 권2에서 권13까지는 서書·서序·기記·논論·발跋·잡저雜著·비지碑誌·전장傳狀 등이 수록되어 있다. 1971년 청구문화사靑丘文化社에서 영인하였다.

난초　　이병기의 시집. 1991년 미래사에서 한국대표시인 100인 선집의 제8권으로 간행하였다. 전체 141쪽.

농정신편農政新編　　1885년(고종 22)에 안종수安宗洙가 저술한 근대 농서. 1881년 신사유람단의 수행원으로 일본에 갔던 저자가 농업 관련 서적을 가지고 돌아와서, 이를 번역하여 엮은 것이다. 전통 농서와는 다른 체계와 내용으로 구성되어 있으며, 근대의 식물학과 농화학 지식을 활용한 농법을 소개하고 있다. 1885년 광인사廣印社에서 초판이 발행되었고, 1905년 박문사博文社에서 재판, 1931년 조선총독부에 의해 한글로 번역되어 농촌 사회에 보급되었다.

농학신서農學新書　　1904년 무렵 장지연張志淵이 편찬한 농서. 국한문과 한문을 혼용한 필사본, 총12권. 저자가 농부대신農部大臣의 명으로 농서 편집의 책임을 맡아 편찬하였으나, 당시에 출간되지는 못하였다. 1989년 단국대학교 동양학연구소에서 장재수張載洙 소장 원고본을 토대로 『위원화훼지』韋園花卉志, 『위암화원지』韋菴花園志 등과 함께 『장지연전서』로 한데 묶어 출간하였다.

ㄷ

다경茶經　　중국 당나라 육우陸羽가 지은 다서茶書. 총 3권으로 760년경에 간행되었다. 상권은 차의 기원, 차를 만드는 법과 도구, 중권은 다기茶器, 하권은 차를 끓이는 법과 마시는 법, 생산지와 문헌 등이 기록되어 있다.

The Book of Tea　　일본인 오카쿠라 덴신岡倉天心(본명은 오카쿠라 가쿠조岡倉覚三, 1862~1913)이 1906년 미국 보스턴미술관에 근무할 때, 영어로 저술하여 뉴욕에서 출간한 책. 저자는 일본미술사의 아버지로 평가되는 인물로, 어니스트 페놀로사Ernest Fenollosa(1853~1908)와 함께 도쿄미술학교를 개교하였다. 이 책은 다도는 물론이거니와 일본 문화를 공부하는 사람들에게 필독서로 연구되고 있으며, 아름다운 문장으로 정평이 나 있다.

동국여지승람東國輿地勝覽　　조선 성종의 명에 따라 노사신盧思愼 등이 편찬한 지리서. 총 55권. 『대명일통지』大明一統志를 참고하여 팔도의 지리·풍속 등을 기록하였다. 1530년 중종 25년에 증보하여 『신증동국여지승람』으로 간행되었다.

동다기東茶記　　이 책은 종전까지 정약용의 작품으로 알려져 왔으나, 최근의 연구에 따르면 이덕리李德履의 시문집 『강심』江心에 수록된 「기다」記茶라는 작품으로 추정된다. 「기다」는 1785년 이덕리가 전남 진도에서 유배 생활을 하던 중에 저술한 것으로, 차나무의 생리, 찻잎 따는 시기, 차의 제조법, 명차의 이름과 생산지, 차에 대한 공정한 가격, 세금 부과법, 차의 종류, 차의 관리, 차의 효능 등에 대해 설명하였다.

동다송東茶頌　　조선 후기의 승려 초의草衣가 차에 대하여 송頌 형식으로 지은 책. 저자가 홍현주洪顯周의 부탁으로 1837년경 일지암一枝菴에서 지은 것이다. 중국과 한국의 여러 문헌을 인용하여 차에 얽힌 전설과 효험을 읊고, 한국 차의 우수성을 칭송하였다.

ㅁ

만국사물기원역사萬國事物紀源歷史　　조선 말기 장지연이 지은 만국 사물의 기원과 역사에 관한 저술. 2권. 1909년 8월 황성신문사에서 간행되었다. 권1은 천문·지리·인류·문사文事·과학·교육·종교·예절·의장儀仗·정치·군사·위생·공예·역체驛遞 등 14장, 권2는 상업·농사·직조물·복식·음식·건축·음악·기계·기용器用·유희遊戲·방술方術·식물·광물·풍속잡제風俗雜題 등 14장으로 구성되어 있다.

매천집梅泉集　　조선 후기의 유학자이자 우국지사인 황현黃玹의 시문집. 원집은 1911년 김택영金澤榮의 편집으로 중국 상해에서 간행되었으며, 속집은 1913년 후손이 추가로 수집한 것을 김택영이 정리, 역시 상해에서 간행하였다. 구한말의 풍운을 예리한 비평의 눈으로 읊은 것이 많기 때문에, 당시의 혼란한 세태를 연구하는 데 귀중한 증언들이 담겨 있다.

면우집俛宇集　　조선 말기의 유학자 곽종석郭鍾錫의 시문집. 저자의 조카 곽윤郭奫이 주도하여 1925년 연활자로 간행하였다. 권수卷首, 목록目錄, 원집原集

165권, 속집續集 12권, 합 63책으로 구성되어 있다.

명미당집明美堂集　　조선 말기의 문신·학자 이건창李建昌의 시문집. 20권
8책, 연활자본. 중국에 망명한 김택영 등에 의해 1917년 한묵림서국翰墨林書局
에서 간행되었다. 그 뒤 1978년 『명미당집』과 『당의통략』黨議通略을 합본하여
아세아문화사에서 『이건창전집』 상·하 2책을 간행하였고, 또 1984년에는 명미
당전집 편찬위원회에서 『명미당전집』明美堂全集 2책을 간행하였다.

文教の朝鮮　　조선교육회朝鮮教育會에서 일본어로 발행한 월간 종합잡지
로, 1925년 9월호부터 1945년 1월호까지 총 229호가 발행되었다.

미산집眉山集　　조선 말기의 문신·학자 한장석韓章錫의 시문집. 14권 7책,
연활자본. 1907년에 초간본이 나왔으며, 1934년에 중간되었다. 권1에서 권3까
지는 시詩, 권4에서 권13까지는 문문, 권14는 연보年譜로 구성되어 있으며, 신
응조申應朝의 서문과 목록, 정오표, 판권지 등이 첨부되어 있다.

ㅅ

산강재문초山康齋文鈔　　변영만卞榮晩의 시문집. 불분권 1책. 석판본石版
本. 1957년 제자 김종하金鍾河가 경상남도 의창군 곡목리에서 간행하였다. 저자
자신이 생전에 산정刪定한 것에 약간의 시문을 더 수집하여 간행한 것으로, 본래
지은 초고는 이보다 십수 배에 이르렀다고 한다. 문학의 주류를 국문학에 넘겨
준 뒤, 일제 강점기와 광복 직후 한문학자들의 동향을 알아보는 데 좋은 문헌으
로 평가된다.

삼국사기三國史記　　김부식金富軾 등이 고려 인종의 명을 받아 1145년에

편찬한 기전체紀傳體 역사서. 총 50권으로 본기本紀가 28권, 연표 3권, 지志 9권, 열전 10권으로 구성되어 있다. 삼국과 통일신라의 역사를 연구하는 데 가장 기본적인 사료로 이용될 뿐 아니라, 고려 중기의 역사의식과 문화 수준을 가늠할 수 있는 중요한 자료이다.

서북학회월보西北學會月報　　1908년 6월에 창간된 서북학회 기관지. 편집 겸 발행인은 김달하金達河이고, 국판, 50면 내외이다. 서우학회西友學會와 한북학회漢北學會가 통합되어 서북학회가 창립되면서 서우학회에서 펴내던 『서우』西友의 제호를 바꾸어 발행한 것이다. 민중에게 교육이나 학예를 널리 보급하려는 목적으로 사회계몽 운동을 전개하였다. 종간 시기는 정확하지 않으나, 1910년 5월호까지는 발행된 것으로 보인다.

설주유고雪舟遺稿　　한국 근대의 서예가 송운회宋雲會의 시문집. 연활자본, 3권 1책. 1970년 전라남도 보성의 빙호서실氷湖書室에서 간행하였으며, 권1과 권2에는 시, 권3에는 서書, 유기遊記, 발문, 제문 등이 수록되어 있다.

소파여사시집小坡女士詩集　　개화기의 여성 시인 오효원吳孝媛의 시집. 활자본 1책. 부친 오시선吳時善이 편집하여 1929년 서울 대동인쇄주식회사에서 간행하였다. 상·중·하로 분할되어 있으며, 오언절구 79수, 칠언절구 196수, 오언·칠언고시 8수, 오언율시 33수, 칠언율시 118수, 사辭 1편과 가사歌詞 6편이 수록되어 있다. 저자의 9세 때부터 시문을 모은 것인데, 없어진 것이 많다고 하였다.

소호당집韶濩堂集　　조선 말기의 시인·문장가 김택영金澤榮의 시문집. 연활자본, 15권 7책. 김택영의 문집은 저자가 생전에 직접 편집하여 여러 번 간행한 것이 특징인데, 1911년 중국에서 간행된 『창강고』滄江稿, 1916년 『소호당집』, 1920년 『정간소호당집』精刊韶濩堂集, 1922년 『합간소호당집』合刊韶濩堂集,

1924년 『중편소호당집』重編韶濩堂集 등이 그것이다.

송사집松沙集   조선 말기의 학자·의병장인 기우만奇宇萬의 시문집. 석인본石印本. 목록 2권, 원집 50권, 속집 2권 합 26책으로 구성되어 있으며, 1931년에 간행되었다. 서문이나 발문은 없으며, 묘도문墓道文이 많은 것이 특징이다.

수경주水經注   중국 북위北魏의 역도원酈道元이 지은 주석서. 총 40권. 중국 고대 지리서인 『수경』에 주석을 붙인 것이다. 황하·양자강 등 1,252개 중국 각지의 하천을 두루 편력하여, 하천의 계통·유역의 연혁·도읍·경승·전설 등을 기술하였다. 『수경』은 3세기경에 이루어진 작자 불명의 책으로, 하천의 발원지·경류지經流地·합류지 또는 입해지入海地 등을 간단히 기록해 놓은 것인데, 이 책을 골격으로 하여 자신의 여행 경험과 지리적 지식을 정리하였다.

수당유집修堂遺集   구한말의 학자이자 애국지사인 이남규李南珪의 시문집. 필사본, 불분권 10책. 몇 종의 이본이 있으며, 한말 우국지사들의 의병 활동과 애국 사상을 담고 있는 글이 많이 수록되어 있어 참고 자료가 된다.

ㅇ

안자춘추晏子春秋   중국 춘추시대 제나라 안영晏嬰의 언행을 기록한 책. 안영의 자찬自撰이라 전하나 후세 사람의 편찬으로 보인다. 유가儒家와 묵가墨家의 사상을 절충하여 절검주의節儉主義를 설명하였다.

연번로演繁露   중국 송나라 때 정대창程大昌이 편찬한 전서全書. 총 16권인데, 이후에 『속연번로』續演繁露 6권을 더 편찬했다. 격물치지格物致知를 종지宗旨로 삼아, 삼대三代로부터 송조宋朝까지의 잡사雜事 488항을 정리하였다.

용암집蓉庵集　　조선 말기의 문신 김병시金炳始의 시문집. 12권 10책. 필사본. 김병시의 아들 김용규金容圭가 필사한 것으로 추정된다. 권1과 권2에 시, 권3부터 권8에 소차疏箚, 권9에 계주啓奏, 권10에 서序·기記·상량문·응제문·서書, 권11에 묘지墓誌·시장諡狀, 권12에 잡저 등이 수록되어 있다.

운양집雲養集　　김윤식金允植의 시문집. 원집과 속집으로 구분되는데, 원집은 석판본 15권 5책으로 저자가 직접 편집하여 1914년에 간행하였으며, 속집은 연활자본 4권 2책으로 문인들이 원집에서 빠진 내용과 이후의 시문을 모아 1930년에 간행하였다. 이 밖에 1980년 아세아문화사에서『운양집』을『김윤식전집』金允植全集 2책으로 출간하였다.

운초당시고雲楚堂詩稿　　19세기 여성 시인 김부용金芙蓉의 시집. 필사본 30장 190수 내외. 일명 부용집芙蓉集이라고도 하며 다수의 이본이 전하는데, 진기홍본陳錤洪本은 1833년에 필사한 것으로 기록되어 있다. 저자는 본래 성천 기생으로 자신과 가깝게 지내던 동료나 김이양金履陽에게 준 시, 평안도의 명승지를 찾아서 지은 시가 대부분이다.

의암집毅菴集　　구한말의 유학자이자 의병장이었던 유인석柳麟錫의 시문집. 54권 29책. 목활자본. 저자가 죽은 지 2년 뒤 1917년에 만주에서 문인 등이 유고를 모아 간행했다. 그러나 일본 경찰에게 압수되어 40여 질이 불타고, 그 일부로 보이는 것이 국립중앙도서관에 소장되어 있다. 또 이 초간본에 연보·행장 등 2권을 부록으로 추가하여, 1973년 경인문화사에서 영인한 것이 있다.

이아爾雅　　중국 고대의 경전에 나오는 물명物名을 주해한 책. 13경의 하나. 천문·지리·음악·기재器材·초목·조수鳥獸 등의 낱말을 해석했다. 주공周公이 지은 것으로 전해져 왔으나, 주周나라에서 한漢나라까지의 여러 학자가 여러 경서의 주석들을 채록한 것이다.

이해학유서李海鶴遺書　　이기李沂의 시문집. 12권 3책 필사본. 저자는 생전에 자신의 시문을 정리하여 '귀독오서집'歸讀吾書集이라고 명명하였는데, 사후에 아들 이낙조李樂祖가 가장본을 바탕으로 정인보鄭寅普에게 부탁하여 편차를 정하고 교정을 거쳐 편찬하였다.

日鮮史話　　일본인 학자 마쓰다 코松田甲의 저술집. 1926~1930년 조선총독부 간행, 전6책. 저자가 한일 교류와 조선의 역사와 문화에 대해 각종 잡지에 발표한 글을 정리하여 출판한 것으로, 총독부 주최의 각종 강연에 교재로 활용되었다.

ㅈ

(雜攷)花郎攷·白丁攷·奴婢攷　　일본인 학자 아유카이 후사노신鮎貝房之進의 저술집. 1938년 간행. 화랑, 백정, 노비, 차茶, 창우倡優, 잡기雜技 등 조선의 역사·문화적 용어들을 각종 문헌을 토대로 고증하거나 풀이한 글을 엮은 것이다.

조선불교통사朝鮮佛敎通史　　이능화李能和가 쓴 한국 불교사에 관한 저술. 3권 2책, 한문 활자본. 1918년 신문관新文館에서 간행했다. 고구려 소수림왕 때 순도順道의 입국으로부터 시작하여 1917년까지의 한국 불교의 시대별 역사가 정리되어 있으며, 이후 불교사 연구와 관련 분야에 큰 영향을 끼쳤다.

朝鮮の茶と禪　　일본인 모로오카 다모쓰諸岡存와 이에이리 가즈오家入一雄의 조선차에 관한 저술. 1941년 日本の茶道社에서 간행. 두 저자가 한국 남부 지방 일대 토산차의 분포지를 현지답사하고 얻은 차茶 관계 자료를 모아 저술한 책. 상권은 조선 차의 역사와 분포에 관한 모로오카의 글, 하권은 이에이리의 현

지답사 보고 형식으로 구성되어 있다.

죽서시집竹西詩集　　조선 후기의 여성 시인 죽서竹西 박씨朴氏의 시집. 불분권 1책. 목활자본. 1851년 박씨의 남편 서기보徐箕輔의 재종 동생 서돈보徐惇輔가 편집, 간행하였다. 서돈보의 서문과 동시대의 여성 시인 금원錦園의 발문이 있으며, 총 166수의 시가 수록되어 있다.

지재당고只在堂稿　　조선 말기의 여성 시인 강담운姜澹雲의 시집. 2권 1책, 필사본. 차산此山 배전裵婰이 교정한 것으로 되어 있으며, 현재는 권1만 전한다. 한시 45수가 수록되어 있는데, 주로 자신의 삶을 술회하거나 일상에서의 감회를 적은 것이다.

ㅊ

채관부시화蔡寬夫詩話　　중국 송나라 때 채거후蔡居厚가 지은 시화집. 관부는 채거후의 자이다. 역대 시가詩歌의 용운用韻, 전고典故, 구법句法 등에 대해 해설한 것인데, 원본은 없어지고 후대 사람이 채집한 내용이 전한다.

청자부青磁賦　　1946년 5월 고려문화사에서 간행된 박종화의 두 번째 시집. 모두 48편의 시와 시조가 수록되어 있다.

최남선전집崔南善全集　　최남선의 저작집. 전 15책. 1973~1975년 고려대학교 아세아문제연구소에서 편찬하여 현암사에서 간행하였다. 1책과 2책에 한국사, 3책에 조선상식문답·조선상식, 4책에 고사천자故事千字, 5책에 신화·설화·시가·수필, 6책에 백두산근참기·금강예찬 외, 7책에 신자전新字典, 8책에 삼국유사·대동지명사전·시문독본時文讀本, 9책과 10책에 논설·논문, 11책에 역사일감歷史日鑑, 12책에 한국역사사전, 13책에 시조유취·가곡선·번역문, 14책에 신교본新校本 춘향전·수호지·옥루몽, 15책에 목차·색인·연보 등이 수록되어 있다.

ㅎ

하재일기荷齋日記   궁궐과 관청에 각종 그릇을 납품하는 공인貢人 지규식池圭植이 쓴 일기. '하재'는 저자의 호로 추정된다. 전 9책. 1891년(고종 28) 1월부터 1911년 6월까지 20여 년간에 걸쳐 쓴 것으로, 이 중에서 1905년 3월 이후부터 1908년 2월까지의 일기는 누락되어 있다.

하정집荷亭集   조선 말기의 문신 김영수金永壽의 시문집. 8권 4책. 석인본. 1916년 아들 김갑수金甲洙가 편집하고 생질 홍순형洪淳馨이 간행하였다. 서문과 발문이 있고 권1과 권2에 시, 권3에 소疏·계啓·주奏·장狀·별단別單, 권4에 책문冊文·윤음綸音·상량문·제문·악장樂章·교서敎書·치제문致祭文, 권5에 서序·기記·발跋·명銘·설說·서書·잡저, 권6에 제문, 권7에 묘지명·묘갈명, 권8에 묘갈음기墓碣陰記·묘표·행록行錄·행장 등이 수록되어 있다.

한용운전집韓龍雲全集   1973년 신구문화사에서 간행한 한용운의 유집遺集. 전 6책. 1책에 님의 침묵·조선독립의 서, 2책에 조선불교유신론 외, 3책에 불교대전 외, 4책에 채근담 외, 5~6책에 장편소설 등이 수록되어 있다.

해동죽지海東竹枝   조선 말기의 문신·서예가 최영년崔永年의 시집. 불분권 1책, 연활자본. 1925년 간행. 상·중·하 3편으로 나뉘어 있는데, 상편에 68수, 중편에 111수, 하편에 128수의 시가 수록되어 있다.

호암전집湖岩全集　　문일평文一平이 쓴 사론史論과 사화史話 등을 3권으로 엮은 책. 1939년 조광사朝光社에서 간행했다. 주로 1920~30년대 『중외일보』와 『조선일보』에 발표한 글들이 수록되어 있는데, 간결한 문체와 이해하기 쉬운 용어로 대중에게 민족문화를 이해시키고 고취하는 데 기여하였다.

찾아보기